www.tredition.de

AF216802

Angela Schmidt-Bernhardt

Zwischenwelten

www.tredition.de

© 2016 Angela Schmidt-Bernhardt

Verlag: tredition GmbH, Hamburg

Umschlaggestaltung und -design: Simon Haßler

ISBN
Paperback: 978-3-7345-3958-9
Hardcover: 978-3-7345-3959-6

Printed in Germany

Selma und Milica, 2016 7
In der Zelle, 1993 11
Familienbande 15
Oma Vera..16
Mutter 23
Milica..27
Selma und Milica, 2016 34
Serbien - Glück...39
Vatersuche..45
Die Villa 56
Von der Villa ins Frauenhaus 63
Nächste Station: Kinderheim Frankfurt-Niederrad ...67
Auf der Straße, 1989-1993...72
Selma 74
Nesa..76
Die andere Seite 82
Wechselspiele...84
Ganz unten 85
Selma und Milica, 2016 88
Böttiger Berg 93
Wohngruppe 99
Am seidenen Faden...101
Nachholen 105
Landschaftsbild und Serbien 107
Familienidylle 110
Oma..112
Unruhe 115
Selma und Milica, 2016 121

Dies ist ein Werk der Fiktion.
Alle Ähnlichkeiten mit realen Personen sind rein zufällig.

Selma und Milica, 2016

»Wir beide hier! Nie hätte ich das gedacht!«

»Unglaublich aber wahr!«

»Dass wir uns hier wiedersehen, einfach Wahnsinn!«

»Hätte ich mir wirklich nie träumen lassen.«

Schaute man von außen durchs Fenster, nichts Besonderes fiele einem auf. Zwei Frauen in der Couchecke, nicht mehr ganz jung, gutaussehend, ein Glas Wein in der Hand, plaudernd und lachend. Die beiden scheinen sich gut zu kennen und zu mögen. In der Tat, sie kennen sich gut, besser gesagt, sie kannten sich gut vor über 20 Jahren. Da waren sie gerade 20 gewesen und hatten sich schon alt gefühlt manchmal, vor Urzeiten in Frankfurt. Und sie mochten sich. Seitdem haben sie sich nicht mehr gesehen, erst heute wieder.

Milica war von morgens um sechs Uhr an auf den Beinen, ihre kleine vier- Zimmer Wohnung ist blitzblank und aufgeräumt. Die Kinder sind jetzt im Bett. Der Tag war so wie jeder Tag, einkaufen, kochen, fünf Stunden arbeiten in der Praxis von Herrn Daumer, eine Unterredung mit den Betreuerinnen im Kindergarten, weil Hannah einen Jungen geschlagen hatte, ein Elternbrief von Jonas Schule musste gelesen und unterschrieben werden, dann die Kontoauszüge, die Ausgaben überschlagen, Reis und Nudeln mit Soße einfrieren fürs Wochenende, sie würde verreist sein, auf Fortbildung, Matthias würde übernehmen, noch die Wäsche aus der Maschine holen und aufhängen, Mist, der Wäscheständer war noch voll, hätte doch Jonas abnehmen sollen, jetzt war er schon im Bett, also wieder mal sie... um 10 Uhr abends aufatmen mit dem Laptop auf der Couch, Facebook als Entspannung und Draht zur Welt, zielloses scrollen, lesen, was Andy gepostet hat, was gibt es Neues von Jan, und diese komischen Bilder von Nina; Namen eingeben, einfach so, Namen von früher, die ihr in den Sinn kommen, alle Müdigkeit verflogen.

Und so hatte sie Selma wiedergefunden. Jetzt drei Wochen später sitzt Selma hier bei ihr und erzählt. Von ihrem Ausstieg damals, von ihrer Schule, ihrem Schulabschluss, von Ulf, von Torben und später von Yalcin. Selma schaut sich um, diese Wohnzimmeridylle, sie kann es noch nicht glauben, Milica, ihre gute Freundin, sie sieht sie abgerissen auf der Straße rumhängen, sie sieht sie in der schmuddeligen Pension. Aber hier? Weiße Ikea Regale, an der Wand Kinderzeichnungen, links der Fernseher, auf dem Tisch Kinderspielzeug, die Weingläser, Mandeln und Rosinen. So lebt ihre Milica also jetzt.

Milica spürt Unruhe und Unsicherheit in ihrer Freundin.

»Ja, du glaubst es nicht, das bin ich jetzt« sagt sie. »Du hast recht, ich war ganz unten. Irgendwie habe ich's geschafft, manchmal glaube ich es selbst nicht, manchmal denke ich, ich tippe es an, dieses Leben, und es fällt einfach so in sich zusammen, wie aus Papier, vom Wind umgehaucht.

Aber ich habe nichts vergessen, das kannst du mir glauben. Wenn ich dich sehe, ist alles gleich wieder da. Weißt du noch, wie ich nicht wollte, dass du aussteigst. Ich konnte das nicht ertragen. Es war grässlich für mich, es war das grässlichste überhaupt in der ganzen Zeit«, meinte Milica.

»Du solltest ja mit mir kommen, weißt du das denn nicht mehr?« In Selmas Stimme schwang ein leichter Groll mit.

»Warte mal kurz einen Moment, ich hab' was gehört.«

Milica ging zur Tür, ihre Tochter kam ihr schlaftrunken entgegen.

»Mama, ich hab Durst.«

Milica nahm die Kleine bei der Hand, ging mit ihr in die Küche, holte mit der anderen Hand die Milch aus dem Kühlschrank, den Spiderman Becher aus dem Regal, der war noch von Jonas, als er klein war, und Hannah hing an dem Becher wie an ihrem Bruder.

Sie goss die Milch ein, auch das machte sie mit einer Hand, die andere war von Hannah fest umfasst, mit dem Becher in der linken und Hannah an der rechten Hand ging sie über den Flur, schaute für den Bruchteil einer Sekunde zum Wohnzimmer rein und bedeutete ihrer wiedergefundenen Freundin, dass sie gleich wiederkäme, dann verschwand sie mit Hannah im Kinderzimmer. Selma streckte die Beine aus, räkelte sich, griff nach dem Weinglas, schaute die zart geschwungene Form des Glases einen Moment an, nahm einen Schluck, stellte das Glas wieder ab, sah nach links zur Fensterbank. Die Blumentöpfe hatte sie noch nicht bemerkt, Azalee, Alpenveilchen, Pfennigbaum, in bunten Töpfen. Kein welkes Blättchen, keine abgeblühte Blüte, sicher regelmäßig gedüngt. Allmählich begriff sie, doch ohne wirklich zu begreifen.

Milica kam zurück, ganz leise, auf dicken Wollsocken, sie goss sich Wein ein. Sie wollte noch so vieles wissen.

In der Zelle, 1993

Name?
Vorname?
Geboren?
Wo?
Wann?
Schule?
In Serbien?
In Frankfurt?
Deine Geschwister?
Deine Mutter?
Andere Verwandte?
Geld?
Warum?
Geld, Geld, Geld

Lasst mir doch meine Ruhe!
Und sie ließen mich allein.

Wann warst du das erste Mal in Deutschland?
Wann kamst du nach Deutschland?
Wolltest du hierher?
Wolltest du zu deiner Mutter?
Wie hast du diese Leute kennen gelernt?
Warum hast du das gemacht?
Brauchtest du Geld?
Geld, Geld, Geld

Ich weiß es nicht!
Und sie ließen mich allein.

Sag mal, hast du hier überhaupt Freunde?
Wie hast du dich gefühlt, als dich deine Mutter hierher-
holte?
Hattest du Sehnsucht nach Serbien?
War das Leben dort für dich schöner und bunter als
hier?
Hat deine Oma dich gemocht?
Warst du enttäuscht von deiner Mutter?
Wolltest du wieder zurück in das Land, das zuvor deine
Heimat war?
Ist der Himmel dort größer als hier?
Sind die Blumen dort bunter und die Wiesen grüner?
Und nun sag uns doch, warum wolltest du diese fal-
schen Freunde?
Warum wolltest du das Geld?

Ach, das hat doch alles keinen Sinn!
Und wieder blieb ich allein.

Irgendwann hörten sie auf mich zu fragen. Ich hatte
mich eigentlich schon daran gewöhnt, an diese Litanei
von Fragen; jedenfalls, gerade, als ich mich gewöhnt
hatte, da war Schluss damit. Da ließen sie mich alleine
mit den Fragen und mit meinen nicht gesprochenen
Antworten.

Lange ließen sie mich so. Lange fragte niemand. Lange kam niemand.

Wenn ihr jetzt wissen wollt, wie lange, dann kann ich euch das nicht sagen. Es schien mir so wahnsinnig lange; vielleicht waren es ein paar Stunden, vielleicht ein Tag, vielleicht mehr;

Wenn du zwanzig Jahre alt bist und eigentlich ständig auf Achse, immer auf der Straße, dann ist jede stille Minute wie ein Jahr;

wenn du nur mit dir bist, das ist das Schlimmste, die schlimmste Strafe, mit dir alleine sein, wo du dir selbst doch der größte Feind bist;

du hast nur diesen einen Gedanken, ich will hier raus, ich muss jetzt sofort hier raus, wann komme ich hier raus, wie lange soll das noch dauern hier? Dann weißt du nicht, wie die Zeit vergeht, denn die Zeit vergeht überhaupt ganz und gar nicht.

Wenn du in so einer Zelle bist, so auf drei mal drei Metern.

Irgendwann kam sie. Sie war groß und blond und sah ziemlich gut, aber doch auch ziemlich nett aus. Sie sagte: »Ich heiße Lisa. Ich stelle dir keine Fragen. Aber ich fände es gut, Milica, wenn du mir was von dir erzählen würdest. Fang einfach irgendwo an.«

Ich kann euch nicht sagen, wo ich anfing; aber ich kann euch sagen, dass ich überhaupt nicht mehr aufhören wollte. Ich glaube, ich hab erst aufgehört, als alles aus mir raus war; alles, was in meinem beschissenen Leben los gewesen war, einfach alles.

Na, dann leg ich jetzt einfach mal los.

Familienbande

Wir sind nicht Deutsch und nicht Serbisch, wir sind zwischen den Kulturen, zwischen den Welten;
meine Landsleute, die Serben, sind mir zu primitiv,
Und doch zieht es mich immer wieder zu ihnen hin;
Meine Mutter lebt hier und ist überhaupt nicht integriert –
das ist nicht meins!
Ich hab irgendwann aufgehört serbisch oder deutsch zu sein, ich möchte einfach ICH sein.

Milica, 2016, 43 Jahre alt

Oma Vera

Zoran wurde geboren, als das Jahrhundert noch ganz jung und frisch war. Vielversprechend dieses neue Jahrhundert? Vielversprechend dieser 1901 im serbischen Dorf geborene Zoran?

Vielleicht vielversprechend und dann wenig haltend – jedenfalls wissen wir mehr von Zorans Misslichkeiten, Pech und Schicksalsschlägen als vom Glück seines Lebens im 20. Jahrhundert.

Zoran sah gut aus, ein stattlicher junger Mann, er heiratete die, die er ehelichen wollte; die ihm gefiel, die bekam er auch. Eine junge Frau mit einem hübschen Gesicht und dichtem dunklen Haar. Als er in der Hochzeitsnacht mit ihr im Bett lag, stellte er fest, dass auch die Figur gut geraten war, das Fleisch gut anzufassen, eine Lust; zumindest in ihm wurde die Lust geweckt, die junge Frau, wir wissen nichts von ihr, sie sollte keine Hauptrolle in diesem Stück spielen. Doch zunächst spielte sie mit, sie ließ sich ohne Umschweife entjungfern, sie wusch am nächsten Morgen Hemd und Laken, sie schrubbte, bis die Blutflecken nicht mehr zu sehen waren; sie richtete die Betten, sie kochte das Essen, sie stellte Blumen in der Küche in eine Vase. Sie sang und summte beständig vor sich hin, eine lustige junge Frau, die soeben noch ein junges Mädchen gewesen war; dass sie so schnell vom Mädchen zur Frau, zur Ehefrau, zur Hausfrau wurde, das war ihr ganz recht; fast war es ein Spiel für sie, dieses neue Leben, sie fühlte sich manchmal wie in einem Theaterstück, obwohl sie nie eines gesehen hatte, aber gehört hatte sie darüber. Wie eine junge Schauspielerin fühlte sie sich, wenn sie ihren Ehemann anlächelte und ihm das Abendessen servierte. Sie freute sich, wenn es ihm schmeckte, war sie doch nachmittags flink zu ihrer Mutter rüber gelaufen und hatte sich Nachhilfe im Kochen geholt. Sie freute sich, wenn er sie umgarnte, ihr schmeichelte, sie merkte gleich, was los war, sie spürte, was er wollte, mal dringlich wollte, mal zärtlich sie umspielend. Es störte sie nicht, es gehörte ja dazu, war Teil des Vertrags, so sollte es sein.

Dass sich der andere Teil des Vertrags nicht erfüllte, daran hatte sie nie gedacht, das war ihr ebenso unvorstellbar wie ihm. Nach einigen Monaten begann das Warten, erst still und leise, dann drängender, irgendwann stürmisch und vehement. Das Warten zerstörte ihr gemeinsames Leben, das Warten zerstörte das Leben der jungen Frau.

Ihr Lächeln war schief geworden, ihr Lächeln versank hinter nicht gezeigten Tränen; Zorans Werben war bald der Ungeduld gewichen, Zorans Liebesspiel war bald weder Liebe noch Spiel, war bald nur noch der Triebabfuhr und der Nachkommenschaft gewidmet. Es nützte alles nichts.

Sie wurde nicht schwanger, weder im ersten Jahr noch im zweiten und auch nicht im dritten. Zoran warf nicht so schnell die Flinte ins Korn. Zoran wurde Bürgermeister, da wusste er um seine Pflichten und seine Vorbildfunktion für das Dorf. Zoran bemühte sich um Geduld, er hatte die junge Frau schließlich geliebt, damals, vor mehreren Jahren.

Acht Jahre nach der Eheschließung reichte es ihm. Seine Geduld war am Ende. Er schickte sie zurück. Wohin zurück? In ihre Familie? Wurde sie dort wiederaufgenommen? Ging sie ins Elternhaus und blieb dort, zuständig für tausend Arbeiten in Haus und Garten? Alles, was sie in acht Jahren in Sachen Haushaltsführung gelernt hatte, konnte sie nun dort einbringen und überdies konnte sie auch noch die Aufgabe erfüllen, sich um die Kinder der anderen zu kümmern. Zurück im Elternhaus, als Tochter, Schwester und Tante verlieren sich ihre Spuren.

Zoran war nun Bürgermeister des Dorfes. Ein Bürgermeister mit stolz geschwellter Brust, so regierte er über sein Dorf, ein Dorf von ziemlich genau 200 Einwohnern. Doch ein Bürgermeister ohne Frau? Das geht nicht!

Es klopft an der Tür. In der Türschwelle steht der Bürgermeister. Er habe etwas zu besprechen, sagte er.

Der Vater stellt den Sliwowitz auf den Tisch, die Mutter holt die Gläser aus dem Schrank, die Kinder sind auf einen Wink verschwunden; nebenan, hinter der Tür zur Kammer horchen sie und bekommen jedes Wort mit.

Drei Söhne und drei Töchter lauschen dem Gespräch.

Das Gespräch dauert nicht lange.

Der Bürgermeister weiß, was er will.

Er weiß, wen er will.

Drei Töchter gibt es; die 16-jährige will er. »Kann ich sie haben?«

Der Vater nickt.

Der Vater öffnet die Tür zur Kammer; die jungen Leute hinter der Tür stolpern übereinander, kichern und tuscheln. Der Vater sucht in dem quietschenden Knäuel, wo ist Vera? Sein Blick trifft das Mädchen. Ihr Lächeln und ihr Kichern gefrieren. Vera steht auf, streift ihren Rock glatt, fährt sich durchs Haar, nestelt mit den Fingern an ihrem Pullover herum, weiß nicht, wohin mit ihren Armen, schlägt ihre Arme um den Oberkörper, sucht ihren Busen mit den umschlingenden Armen zu verbergen.

Ihr gegenüber steht aufrecht der Bürgermeister, ein stattlicher Mann, mehr als doppelt so alt wie sie.

Sie hört die Stimme des Vaters: »Du gehst jetzt mit dem mit.«

Vera schuftete weiter. Hatte sie bisher zu Hause geschuftet, so schuftete sie nun bei Zoran. Zur Schule war sie sowieso nicht gegangen. Viel änderte sich also nicht. Zum Schuften kam das Gebären hinzu. Und das Kichern und Tuscheln mit den Geschwistern wurde seltener. Ab und zu traf sie die Geschwister, und dann war es wie früher, das Glück blitzte auf.

Am Anfang war Zoran erträglich, mehr nicht. Liebe gab es nicht. Niemand konnte Liebe geben, Zoran nicht und Vera nicht. Es ging ums Überleben, an Liebe verschwendete man keinen Gedanken.

Vera gebar ihrem Mann acht Kinder. Zwei verstarben als Säuglinge. Sechs Kinder blieben ihr – oder ihm? Der Älteste kam 1939 auf die Welt. Milicas Mutter als Vorletzte im Jahr 1949.

Dann allmählich, es war ein schleichender Prozess, wurde Zoran erst weniger erträglich und schließlich unerträglich. Er hatte, was er wollte, eine Frau, die ihm Kinder gebar. Er hatte eine Frau und sechs Kinder. Das war's.

Er trank Sliwowitz, erst einen, dann zwei, dann immer mehr.

Je mehr Sliwowitz, desto mehr Geschrei.

Je mehr Sliwowitz, desto schneller rutschte ihm die Hand aus.

Je mehr Sliwowitz, desto unerträglicher wurde er für Vera.

Die Kinder hielten sich von ihm fern.

Mit acht Geburten hatte Vera ihr Soll erfüllt.

Dann hielt sich auch sie von ihm fern.

Es war genug.

Vera zog ihre Kinder auf und später ihre Enkelkinder, die ungewollten Kinder ihrer Kinder.

Milica erinnert sich kaum an ihren Großvater Zoran. Sie wurde 1973 geboren. Er starb 1976.

Doch Milica weiß, was Oma zu ihr sagte:

»Bitte, bitte, tut mir einen gefallen. Beerdigt mich nicht neben ihm.«

Und Milica weiß, was Oma von ihm hielt, nämlich gar nichts.

»Er hat immer zu viel getrunken, viel zu viel. Je älter er wurde, desto mehr habe ich ihn gehasst. Ich hab es ihm heimgezahlt.«

Vera war mit 16 ins Haus ihres Mannes gekommen. Sie blieb in dem Haus bis zu ihrem Tod mit 76 Jahren mehr als 60 Jahre später. Als sie 56 war, starb Zoran.

Manchmal traf Vera ihre Geschwister. Sie kicherte, lachte und tuschelte mit ihnen wie früher. Ihr Lebenselixier.

Für die Enkelin Milica war sie eine Heldin, *Heroina* nannte sie die Oma bei sich.

Bei Milica im Regal findet sich ein Foto: schwarzweiß, ein wenig zerknickt, die Oma in der Mitte, rechts und links ein Kind, ein Junge und ein Mädchen. Es sind nicht ihre Kinder. Es sind zwei ihrer Enkel. Milica und Dejan, Milicas Cousin. Die beiden ungewollten Kinder, die bei der Oma aufwuchsen. Der Cousin, Sohn eines Onkels.

Der Onkel hatte geheiratet, das Kind kam bald auf die Welt. Die Frau war nicht glücklich mit dem Onkel und auch nicht mit dem Kind. Es blieb bei dem einen Kind, sie verweigerte sich fortan.

Der Onkel ging aufs Feld; seine Frau nahm das Kind, zog ihm zwei Pullover übereinander, setzte ihm eine Mütze auf den Kopf, ging mit ihm die fünfzig Schritte zum Haus der Schwiegermutter; das Kind fragte *Was machen wir? Essen wir bei Oma? Darf ich spielen?* Sie antwortete ihm nicht. Das Kind hörte auf zu fragen. Sie brachte das Kind zur Schwiegermutter, sagte nicht viel, nicht warum und nicht weshalb. Dann ging sie zurück, packte ihre Sachen und verschwand.

Das Kind blieb dreijährig bei Oma. Wie Bruder und Schwester wuchsen Dejan und Milica bei Oma auf. Milica war schon vom Säuglingsalter an bei Oma. Bei Oma war ihr Zuhause.

Für Milica war Oma Vera stark und stabil; sie war der Baum, an den Milica sich schutzsuchend anlehnen konnte.

Auch für Milicas Mutter war die Mutter Vera stark und stabil; sie war ein Arbeitstier, ein immer verfügbarer Abstellplatz für ihre Kinder.

Mutter

Milicas Mutter hatte früh gelernt sich zu wehren, gegen die vier älteren Geschwister, gegen die Mutter, sogar gegen den Vater. Von den sechs Kindern, drei Jungen und drei Mädchen, war sie zweifellos die Wildeste. Sie wehrte sich mit Händen und Füßen, erst gegen die Familie, dann gegen das harte Leben im serbischen Dorf. Sie schwor sich früh, da rauszukommen.

Ein paar Jahre ging sie zur Schule, dann musste sie arbeiten, sie wurde zum Arbeiten zu größeren Bauern geschickt, die billige Helferinnen in der Saison brauchten. Ihre großen Brüder hasste sie. Die großen Brüder wussten, wann der Bauer ihr Geld gab. Dann warteten sie ab, dass sie nach Hause kam. Dann schlugen sie die Schwester und nahmen ihr das verdiente Geld weg. Sie hasste ihre Brüder nun noch mehr. Sie versteckte das Geld vor den Brüdern und auch vor dem Vater.

Als sie 16 war, sollte sich ihr Leben ändern. Kurz nach ihrem sechzehnten Geburtstag kam sie von der Arbeit auf dem Feld und erlebte eine Überraschung. In der Küche wartete ihr Vater auf sie. Er war nicht allein. Er sprach mit einem älteren Mann, der war ungefähr so alt wie der Vater. Sie saßen am Tisch und tranken. Daneben saß ein jüngerer Mann. Der war still. Er trank auch. Er hatte die gleichen Augen und eine ebenso hohe Stirn wie der ältere Mann. Er musste wohl sein Sohn sein.

Der Vater winkte sie an den Tisch. Sie wusste nicht, was er wollte. Ihr Geld hatte sie gut versteckt. Das konnte er nicht bekommen, und wenn er noch so freundlich darum betteln würde. Ja, freundlich tat er, so freundlich wie noch nie, so kannte sie ihren Vater nicht. Was wollte er? Was für ein Theater war das denn? Die Mutter blieb im Hintergrund, sie kam nur ab und zu mit der Flasche zum Nachgießen.

Der Vater sagte zu ihr, es sei ihr Glückstag. Da verstand sie. Das hatte sie schon von anderen gehört. Ihr Glückstag! Von wegen! Sie wusste, wie ihr Glück aussehen sollte. So ganz bestimmt nicht! Ihr Vater wiederholte das mit dem Glück. Ihre Mutter schaute sie an, konzentriert und ruhig.

Sie wurde nicht gefragt. Ihr Glück verwalteten die anderen.

Schon zwei Monate später wurde Hochzeit gefeiert. Es war ihre Hochzeit mit dem jungen Mann mit der hohen Stirn.

Die Szene in der Küche, die Männer, die das Schicksal der Tochter verhandelten, die Mutter, die bediente, der Kontrakt, der für die Tochter geschlossen wurde. Doch 1965 war nicht 1936.

Diese Hochzeit wollten die anderen. Milicas Mutter war nicht umsonst schon immer wild gewesen. Sie ließ sich nicht anketten. Sie hatte anderes im Sinn für ihr Leben.

Sie blieb nicht bei dem jungen Mann mit der hohen Stirn. Das schwor sie sich am Hochzeitstag hoch und heilig.

Zunächst musste sie mit ihm in dem gemeinsamen Haus wohnen; doch Hausfrau wollte sie ebenso wenig spielen wie Ehefrau. Sie haute immer wieder ab, sobald sich eine Gelegenheit bot; junge Männer gab es genug, den einen oder anderen probierte sie aus. Warum? Eigentlich nur, um ihrem Mann eins auszuwischen. All diese jungen Männer interessierten sie nicht. Sie wollte etwas anderes, sie wollte ein ganz anderes Leben.

1966 ging ihr großer Bruder zum Arbeiten nach Deutschland. Er gehörte zu den ersten Gastarbeitern aus Jugoslawien in Deutschland. Genau wie viele andere Serben ging auch er nach München. München war nicht sehr weit von Jugoslawien entfernt. Mit dem Bus war es in weniger als einem Tag zu erreichen. Ein schnell erreichbares Paradies.

Von da an wusste die siebzehnjährige verheiratete junge Frau, was sie wollte. Auch sie würde das Paradies erreichen.

Im Jahr 1968 - sie war neunzehn Jahre alt - las sie die Ausschreibung. Zum Glück hatte sie lesen gelernt. Deutschland suchte weitere Gastarbeiter. In Novi Sad sollten sich alle Interessierten melden. Schon am nächsten Tag war sie in Novi Sad zur Vorstellung. In der nächsten Woche kümmerte sie sich um die Papiere. Im nächsten Monat ging sie nach München.

Fortan sollte sie immer in Deutschland leben. Nur noch zu Besuch sollte sie nach Serbien kommen. Ihre Besuche in Serbien waren kurz und knapp.

Milica

*»Hätte ich doch lieber einen Stein geboren, da könnte ich
mich wenigstens draufsetzen.«*
(wiederholte Äußerung der Mutter zu ihrer Tochter Milica)

Die Mutter arbeitete in München in großen Hotels.
Staub wischen, Betten abziehen, Betten beziehen, Betten machen, Fenster putzen, Badewannen durchwischen, Handtücher wechseln, Klos schrubben, Seife
nachlegen, Sofakissen ausschütteln; Samstagabend
Disko, tanzen, trinken, lachen und noch mehr tanzen
und lachend noch mehr trinken. Leben und Arbeiten in
München unterschieden sich von Arbeiten und Leben
im serbischen Dorf. So könnte es immer weitergehen,
fast wie im Paradies, denkt die junge Frau.

Im Sommer 1972 lässt sich die Mutter kurz mit einem Serben ein, der im selben Hotel wie sie arbeitet;
Milica wird gezeugt; die Mutter ist entsetzt; das passt
nicht zu ihrem Paradies! Schnelle Sprünge nach rechts
und nach links vor dem Spiegel, heftige ruckartige
Sprünge, Sprünge vom Tisch, Stricknadeln, die über einer Flamme keimfrei gemacht werden; sie versucht alles, fragt ihre Freundinnen, versucht es wieder mit der
Stricknadel, blutet; der Fötus bleibt.

Der Serbe hat nichts weiter mit ihr zu tun, sie auch
nicht mit ihm, der serbische Vater bleibt nicht im

Münchner Hotel, er verschwindet aus ihrem Leben. Das Leben in ihr bleibt.

Vor der Geburt reist die Mutter nach Hause, sie gebiert im Elternhaus das Kind; es ist ein Mädchen. Drei Monate bleibt sie im Dorf, um ihre Tochter zu stillen, die Zeit wird ihr lang; endlich sind die drei Monate um; das Kind kann nun gut auf die Mutterbrust verzichten, denkt sie. Sie packt ihre Sachen und reist wieder nach München zurück, zurück zur Arbeit im Hotel und zu den Samstagabenden mit Lachen, Tanzen und Knutschen in der Diskothek; das Kind lässt sie bei ihrer Mutter.

Die Mutterbrust fehlte; das Baby schrie. Oma Vera kochte Kuhmilch ab, das Baby spuckte. Oma Vera verdünnte die Kuhmilch mit Wasser, das Baby spuckte und schrie; das Baby verlor an Gewicht, schlief nur wenig und nur vor Erschöpfung, schrie wieder. Oma streute etwas Zucker in die abgekochte Milch, das Baby schrie weiter. Das Baby war so dünn, Oma Vera schlief nun auch nicht mehr.

Oma Vera und ihre jüngste Tochter Ana brachten das Baby nach Novi Sad ins Krankenhaus. Das war für die kleine Milica die Rettung. Sie trank, sie schlief, sie nahm an Gewicht zu.

Wieder zu Hause bei der Oma kümmerte sich Ana liebevoll um ihre Nichte.

Fünf lange Jahre lebte Milica mit ihrer Oma, mit ihrer Tante Ana, mit ihrem Cousin Dejan, den sie Bruder nennt, im serbischen Dorf. Es waren die Jahre der Familie, mit Oma, mit Ana, mit Dejan. Das zählte: fünf glückliche Jahre.

Als Milica fünf war und Dejan sieben, da musste sie sich von Dejan trennen, sein Vater holte ihn nach Deutschland; als Achtjähriger konnte er bereits nützlich sein, konnte sich nützlich machen.

»Mir ging es wie Dejan – irgendwann erinnern sich die Eltern, dass sie ein Kind haben – es kann ihnen nützlich sein« sagt Milica vierzig Jahre später.

Ein Jahr später, Milica war sechs Jahre alt, wurde auch sie nach Deutschland geholt. Mit ihren sechs Jahre sollte sie auf den kleinen Bruder aufpassen; Nikola war 1976 zur Welt gekommen; als Dreijähriger konnte ihn die Mutter nicht auf ihre Putzstellen mitnehmen, alleine lassen konnte sie ihn auch nicht; nun konnte Milica ihr nützlich sein; sie konnte ihr helfen, sie sollte bei Nikola bleiben.

Die Mutter hatte München verlassen. Sie war mit ihrem Partner Ivan, dem Vater des kleinen Nikola, nach Bad Homburg gezogen. In Bad Homburg bewohnten sie eine Einzimmerwohnung im Souterrain eines Mehrfamilienhauses. In diesem Zimmer lebten der Stiefvater, die Mutter und Nikola und nun kam auch Milica noch dazu.

Immer, wenn die Mutter putzen ging, brauchte sie jemanden für Nikola. Milica blieb mit Nikola alleine in der kleinen Wohnung im Souterrain. Nikola begann zu weinen, erst leise, dann stärker, aus dem Weinen wurde ein Schreien. Er war im Kinderbettchen, Milica durfte ihn nicht aus dem Bettchen holen, das hatte die Mutter strikt verboten. Nikola schrie, Milica schrie auch, sie schrie ihre Verzweiflung heraus.

Im Paradies Deutschland schrie sie mit Nikola um die Wette; sie war einsam wie nie zuvor.

Immer blieb Milica nicht bei Nikola zu Hause im Souterrain. Die Mutter hatte sie im Kindergarten angemeldet. Wenn die Mutter nicht putzen ging und zu Hause Zeit für Nikola hatte, dann schickte sie Milica in den Kindergarten.

Milica hat diese Bilder ihr Leben lang in sich: Wie sie die Wohnung verlässt, die Straße entlanggeht, auf dem Weg zum Kindergarten; sie sieht sich zu, als wäre es nicht sie selbst. Sie muss durch den Wald hindurch, alleine, auf der anderen Seite des Waldes ist der Kindergarten; die Bäume werfen Schatten, die Schatten sehen aus wie Gespenster und Dämonen; sie rennt durch den Wald, jeden Tag andere Gespenster, jeden Tag andere Bäume, jeden Tag neues Blätterrauschen.

Wie im Film sieht sie sich durch den Wald hasten. Vorbei am Knacken der Äste, am Rascheln der Blätter, am Rufen des Kuckucks.

Wie im Film sieht sie, wie sie aufs Klo muss. So dringend. Sie kneift die Pobacken zusammen, sie rennt weiter. Sie muss so dringend. Aber sie muss doch noch ein Stück weiter. Da vorne ist doch der Wald zu Ende. Da vorne ist der Kindergarten. Sie muss es schaffen; sie hastet weiter; sie beißt sich auf die Zähne, sie presst die Augen zusammen, ganz klein sind die Augen, die Tränen laufen, sie stolpert über eine Wurzel, sie fängt sich gleich wieder, die Tränen laufen, sie schafft es nicht, sie macht sich in die Hose. Als sie im Kindergarten ankommt, rennt sie als erstes zu den Toiletten, zieht schnell ihre Unterhose aus, versteckt die Unterhose in einem Putzeimer, dann erst geht sie in die Gruppe. Die Kindergärtnerin bemerkt den durchdringenden Geruch, die Kindergärtnerin schaut sie an und schaut wieder weg. Die Kindergärtnerin sagt nichts. Der Film reißt ab.

Immer ging sie den Weg allein.

Dann kam der Sommer und mit dem Sommer die Einschulung.

Die erste Klasse macht Milica in Bad Homburg. Allein.

Nach der Schule dann wieder die Einzimmerwohnung im Souterrain. Die Mutter kommt vom Putzen, ist genervt, die Backpfeifen rechts und links kamen blitzschnell; wie ein Stiefkind hat sie Milica behandelt; Milica, die ihr nicht so nützlich war wie erhofft und erwartet. Milica begann die Mutter zu hassen. Der Stiefvater war nett zu Milica, ihn hat sie geliebt, er tat ihr nichts.

Zur Mutter hingegen war der Stiefvater nicht nett.

Es gibt einen anderen Film, der ein Leben lang wiederkommt: Wie der Stiefvater auf der Mutter hockt, wie er sie prügelt, immer wieder, nicht lockerlässt, wie die Mutter schreit, wie die Mutter um sich schlägt, wie der Stiefvater mit aller Kraft ihre Hände festhält, mit seiner linken Hand beide Mutterhände fesselt und mit der Rechten weiter auf sie einschlägt, wie sie schreit, röchelt und jault. Das geht so lange, bis der Krankenwagen kommt. Woher? Von Nachbarn gerufen?

Die Bilder bleiben. Milica sieht sich als Sechsjährige, als Siebenjährige in Deutschland, immer allein; diese Bilder von sich selbst als Sechsjähriger, die verfolgen sie - *das verfolgt einen* – sagt sie später als Erwachsene.

Und Oma Vera ist so weit weg.

Oma, ich komme ganz bald wieder
Oma, bis nächsten Sommer
Oma, ich helfe dir beim Kochen, beim Waschen, beim Putzen, beim Obst pflücken und beim Einwecken
Oma, in Deutschland ist es nur schrecklich
Oma, warum kann ich nicht bei dir bleiben

Oma, warum kann die Mama über mich bestimmen und warum nicht du?

Oma, komm doch einfach mit nach Deutschland

Müssen alle Kinder weg von der Oma?

Kommen alle Kinder wieder zurück zu Oma?

Wirklich?

Selma und Milica, 2016

Der Wein war schon lange ausgetrunken. Hätte Milica noch eine Flasche dagehabt, na ja, dann...aber sie hatte keine weitere im Haus, und so hatte sie Tee gekocht, eine große Kanne. In den Schwarztee hatte sie getrocknete Minze gemischt. Die war aus ihrem Garten, der Garten hinter den Häusern gehörte zu allen Wohnungen, im Sommer traf man sich dort, doch wenige hatten Interesse und Spaß an der Gartenarbeit. Milica kümmerte sich gerne um die Blumenbeete und auch um ihr Kräuterbeet in der Ecke neben den Hortensien. Die Minze ist aus meinem Garten, hatte sie Selma erklärt, die hatte ungläubig geschaut, aber nicht mehr so sehr wie noch drei Stunden zuvor; ihr war so, als sei sie inzwischen auf so manches gefasst und eingestellt.

Als dann auch die große Teekanne leer war, sie aber noch nicht zu Bett wollten, sie taten so, als verspürten sie keine Müdigkeit und vielleicht war es ja tatsächlich so, da ging Milica erneut in die Küche, um das zu tun, was sie eigentlich nicht hatte tun wollen, ganz und gar nicht, denn nichts sollte auch nur im Entferntesten an Kontrollverlust erinnern, gar nichts; jetzt, wo mit Selma alles wieder so nah gerückt war, jetzt war es anders. Vielleicht war sie bereit, Selma mehr von sich preis zu geben, möglicherweise war die Sorge geringer als vor wenigen Stunden, ihr Haus aus Pappe könne in sich zusammenfallen, jetzt, hier, mit und durch Selma.

Mit zwei neuen Gläsern und der Flasche ohne Etikett kam sie zurück. Die Gläser waren kleiner als Wassergläser, aber für das, was Milica hineinfüllte, gefährlich groß. Als Selma von der Toilette kam, zeigte Milica auf die gut gefüllten Gläser und sagte:

»Das ist der Selbstgebrannte aus Serbien, von meinem Onkel. Den hab ich im Sommer mitgebracht, als ich mit den Kindern dort war. Ich fahr eigentlich jeden Sommer ins Dorf. Wenn ich es nicht schaffe hinzufahren, dann fehlt mir was. Und immer bring ich Sliwowitz für den deutschen Winter mit. Probier mal, der ist gut.«

»Ja, gerne, aber nicht zu viel« meinte Selma und fuhr fort:

»Nie hast du uns was darüber erzählt. Kein Wort von Serbien. Gar nichts wussten wir, ich oder die anderen.«

»Ja, du hast recht« stimmte Milica ihr zu.

»Das zählte nicht. Das sollte alles nicht zählen. Das sollte ganz weg aus meinem Kopf, ganz weg aus meinem Leben.«

Sie überlegte einen Moment:

»Von euch wollte ich alles wissen. Ihr hattet Kinderzimmer zu Hause; ich glaubte damals, ihr hattet einfach alles. Sogar richtige Eltern. Von mir musste alles total gelöscht werden. Völlig und ganz und gar.«

Selma:

»Und da mussten dann auch die netten Menschen dran glauben, die in Serbien? Scheiße, nichts hab ich von deiner Oma gewusst.«

Milica:

»Alle mussten dran glauben. Weg mit allen und allem.«

Selma:

»Und ist dir nie aufgefallen, dass das bei mir anders war? Dass ich immer erzählt habe? Zum Beispiel von Hüljas Fahrradunfall, davon, wie sie nicht im Krankenhaus bleiben wollte, wie sie beinahe nachts abgehauen wäre, wenn nicht zufällig die Bettnachbarin wach geworden wäre und nach der Schwester geklingelt hätte; sie klingelte nicht wegen Hülja, sie klingelte wegen ihrer eigenen Schmerzen und wollte Tabletten, aber auf die Weise konnte Hülja nicht mehr abhauen!«

»Das war ganz normal für mich«, sagte Milica, »ihr solltet ja erzählen, von deiner Mama solltest du erzählen, von Hülja und von Volkan. Bei euch sah ja alles anders aus. Ich wusste genau, dass deine Mama anders war. Ich habe dich beneidet, so eine Mama wie du hätte ich auch gerne gehabt. Die hat dir zum Geburtstag Kuchen gebacken, die hat deine Lieblingsmarmelade gekocht, die hat dir gezeigt, wie man beim Stricken die Masche wiederfindet, die man hat fallen lassen. Ich hab dich beneidet, und darum wollte ich, dass du erzählen solltest, so viel wie möglich, dann gehörte deine Mama ein ganz klein wenig auch mir. Ich kriegte ein bisschen von ihr ab. Das zählte irgendwie mehr als mein neidisches Gefühl. Es war so, als hätte ich auch manchmal eine Mama, die mir beim Stricken hilft. Ich bekam dann ein bisschen was ab.«

Selma schüttelt den Kopf und trinkt einen Schluck. Dann sagt sie:

»Aber von der Oma hättest du doch sprechen können. Warum hast du denn das auch nicht gemacht?«

Es klingt etwas vorwurfsvoll, so kommt es Milica vor. Und so entgegnet sie ein bisschen unwirsch:

»Nein, verstehst du das nicht, die mussten alle weg. Bloß weg damit. Auch mit denen, die gut zu mir waren. Wenn dann, alle. Ich war so absolut. Eigentlich bin ich immer noch so. Das Absolute, das ist meins. Und außerdem schämte ich mich, der Gedanke, Oma könnte mich so sehen, grässlich, dann lieber gar nichts mehr, mit niemandem.«

Selma denkt laut nach:

»Absolut, ohne Wenn und Aber, ja so warst du, alles voll durchziehen, keine Zweifel aufkommen lassen, das war deins, das stimmt.« Ganz leise fragt sie:

»Bist du deshalb nicht mit mir ausgestiegen? Ist es das?«

Die Frage stellt sie sich schon seit langem.

Milica schweigt, nimmt einen Schluck, kaut ein paar Nüsse, schaut Selma an, murmelt ein leises »vielleicht« und dann »da war auch noch die Sache mit...«

Sie sprach nicht weiter. Auch als Selma nachfragte: »Mit wem? Was hast du gesagt? Was meinst du?«, blieb Milica stumm.

»Ich bin saumüde und dein Sliwowitz macht es auch nicht gerade besser.«

Selmas Stimme klingt erschöpft und eine winzige Spur genervt.

Serbien - Glück

Nach den ersten beiden Schuljahren in Deutschland brachte die Mutter Milica wieder nach Jugoslawien zurück. Das war 1982. Milica war neun Jahre alt.

Die Mutter war bitter enttäuscht. In Bad Homburg war Milica ihr keine richtige Hilfe. Sie hatte geglaubt, die Tochter könne sich um Nikola kümmern, wenn sie arbeiten gehen musste. Das hatte überhaupt nicht geklappt. Es hatte nur Geschrei gegeben. Und dann die Schulpflicht. Wenn Milica in der Schule war, dann war Nikola sowieso alleine. Sie verlangte, das Mädchen solle nach der Schule auf schnellstem Weg nach Hause laufen und für Nikola da sein, das Kind trödelte, und es hatte mehr Unterricht als erwartet; es spielte mit den Freundinnen statt den Bruder zu versorgen; es ließ das Essen anbrennen. Und wieder gab es Zank und Geschrei. Dann doch lieber wieder nach Serbien mit dem Mädchen. In den Sommerferien brachte die Mutter Milica zurück. Sollte sie doch bei Oma bleiben und sich dort nützlich machen.

»Was hast du uns mitgebracht?«

»Shampoo und Seife, hast du doch selbst gesehen. Und Süßigkeiten für die Kinder. Warum fragst du jetzt?«

»Weil du doch jetzt reich bist, jetzt, wo du Ivan hast.«

»Ist es wieder nicht genug?«

»Weil du doch selbst immer gesagt hast...«

»Was hab ich gesagt?«

»Du hast gesagt, wenn du einen Mann hast...«

Milica lag im Bett und lauschte angestrengt dem Wortgefecht zwischen Mama und Oma. Keine Silbe davon wollte sie verpassen. Nichts sollte ihr entgehen.

»Gar nichts hab ich gesagt!«

»Dann eben nicht. Dann hast du gar nichts gesagt. Aber es geht euch doch gut dort, oder? Ihr habt alles, was ihr braucht, oder? Euch geht es doch gut, nicht wahr?«

»Geht schon, mit Nikola geht es, aber mit ihr, na ja, ich lass sie wieder hier bei dir. Das bringt es nicht. Sie bringt's einfach nicht. Keine Hilfe. Eine Last wie ein Stein.«

Milica wollte losschreien. Was brachte sie nicht? Was sollte das heißen? Aber sie biss sich auf die Lippen. Sie wollte weiter hören. Gestern Abend waren sie mit dem Bus aus Deutschland gekommen, Mutter, Nikola und sie. Jetzt saßen Mutter und Oma in der Küche. Nikola und sie waren nebenan im Bett. Der Kleine schlief. Sie hatte noch keine Sekunde geschlafen.

»Sie ist ein Kind. Vergiss das nicht.«

»Das weiß ich selber. Das brauchst du mir nicht zu sagen. Ein nichtsnutziges Kind.«

»Sie ist deine Tochter. Vergiss das nicht.«

»Wie könnte ich das vergessen. Aber zu nichts nütze, zu gar nichts...«

»Lass sie doch lernen.«

»Soll sie ja, aber auch auf Nikola aufpassen!«

»Bitte verlang nicht zu viel von ihr!«

»Das weiß ich selber, dass ich nichts von ihr verlangen kann, schlimm genug...«

»Lass sie doch, sie ist ein Kind, und die Kinder heutzutage...«

»Musst du gerade sagen, du in deinem beschissenen alten Dorf, du kannst mir gar nichts sagen!«

»Hör auf, sei leise, denk doch an das Kind!«

»Das Kind, das Kind. Wenn ich das schon höre...«

»Weck das Kind nicht auf!«

Im Schreien der Mutter ging alles unter. Milica zog sich die Decke über den Kopf.

Das Schreien wurde gedämpft. Dann war das Schreien weg. Dann waren Schritte ganz in ihrer Nähe zu hören gewesen. Die Decke hatte sie noch fester über sich gezogen. Dann andere Geräusche, die Milica nicht zuordnen konnte.

Die Mutter war gegangen. Nikola hatte sie mitgenommen. Milica schlüpfte aus dem Bett, streifte sich das Kleid von gestern über, das neben dem Fußende am Boden lag, und ging zu Oma in die Küche. Heiße Milch, frisches Brot. Später half sie Oma. Wie immer. Wie früher.

Die Jahre in Deutschland schrumpften und schrumpelten und verschwanden.

Die Mutter blieb zwei Tage weg. Als sie wiederkam, sprach sie nicht viel. Man konnte ihr die wütende Entschlossenheit von weitem ansehen.

Nützlich machen sollte die Tochter sich. Nützlich machen ja, aber doch nicht so! Die Mutter kommt mit Nikola aus Novi Sad, und wen sieht sie auf dem Feld? Ihre kleine Tochter, in zerrissener Kleidung, gebückt, vielleicht Unkraut rupfend, jedenfalls verschwitzt, Dreck im Gesicht, Erde in den Haaren, an Armen und Beinen zerkratzt. Dass das Mädchen lacht, sieht sie nicht.

Die Mutter schnappt das Kind und stürmt zu Oma. »Was machst du mit meiner Tochter? Du nutzt sie nur aus! Weißt du nicht, dass sie noch ein Kind ist. Dafür hab ich sie dir nicht hier gelassen!«

Oma wollte etwas erwidern, aber da war die Mutter schon wieder draußen, an einer Hand Nikola, an der anderen Milica. Sie kochte vor Wut und das machte sie energisch. Wut war ein guter Antreiber für sie.

»Deine Prinzessin kriegst du nicht mehr.«

Sagte sie zu ihrer Mutter.

»Du kommst jetzt sofort mit.«

Sagte sie zu ihrer Tochter.

Wütend zog sie Milica mit sich.

Eine Stunde später waren sie drei Dörfer weiter bei Tante Spomenka.

Es war so eine schöne Zeit bei Tante Spomenka, sie hat sich rührend um mich gekümmert; ihre beiden Söhne waren schon groß, so ungefähr 18 und 19 Jahre alt, ich war 9, ich war bei Tante Spomenka eine Prinzessin, die Tochter, die sie nicht hatte... Sie hat meine Haare geflochten, sie war gut zu mir, sie war Näherin, ich hatte so eine gute Zeit bei ihr, ein Jahr war ich dort.

(Milica, vierzigjährig, über ihr glückliches Jahr)

Bei Tante Spomenka war das Glück.

Ein Glücksjahr für die Neunjährige.

Ein ganzes Jahr voller Glück.

Das hatte es noch nie gegeben.

Ein Glücksfall.

Dreißig Jahre später möchte Milica dorthin fahren, sie möchte der Tante danken, sie möchte ihr sagen, wie schön es bei ihr war; seit Ewigkeiten hat sie die Tante nicht besucht; der Mann ist mittlerweile gestorben, Milica möchte nicht warten, bis es für ihren Dank zu spät sein könnte!

Im folgenden Sommer kam die Mutter nicht. Aber ihr Einfluss reichte von Bad Homburg bis Serbien.

Warum zerstritt sie sich mit Tante Spomenka? Am Telefon. Niemand kennt den Anlass, geschweige denn den Grund. Das Kind kam wieder zu Oma Vera.

Ein ganzes Jahr Spomenkaglück.

Vatersuche

»Papa hat sie geschlagen, mich nicht, aber die Mama, er ist so blöd, ich will da nie mehr hin, der schreit auch immer so rum, immer…«

Sommerhitze, bei Oma, draußen flirrende Hitze, in der Küche ist es kühl. Oma beugt sich über den Eimer, greift mit der linken Hand die Schoten, legt sie auf den Tisch, nimmt eine Schote nach der anderen, bricht sie mit der rechten Hand auseinander, ein knackendes Geräusch, die Schote ist offen, die Erbsen kullern heraus. Schnell landen die Kullererbsen in der Schüssel und Oma greift die nächste Handvoll Schoten.

Sie schaut zwischendurch hoch, schaut das Kind an, macht weiter ohne hinzuschauen, streicht dem Kind über den Kopf, die Schoten knacken, die Erbsen kullern.

»Er ist so bescheuert, so total bescheuert, kannst du dir gar nicht vorstellen, wie.«

Oma schält die Erbsen und schweigt.

»Papa macht nur Stress, immer. Er schlägt Nikola, er schlägt Mama. Manchmal schlägt Mama auch Nikola, aber er viel mehr, viel doller.«

»Ach Kind, Ivan ist doch gar nicht dein Papa. Lass gut sein.«

»Was ist los? Sag das nochmal. Stimmt das? Ivan ist nicht mein Papa! Kann das sein? Was hast du da gesagt?«

»Er ist nicht dein Papa. Er ist Nikolas Vater, aber nicht deiner.«

Es war wie ein Traum. Tausend Türen öffneten sich. Hinter jeder Tür wartete ein Vater auf sie. Ivan war nicht ihr Papa. Ihr richtiger Papa würde zu ihr kommen. Alles würde gut.

Sie träumte von ihm, von dem richtigen Vater, der irgendwie abhandengekommen war, der sie jetzt genauso vermisste wie sie ihn. Groß war er, schlank und sportlich, einen dunkelblauen Anzug trug er, dazu ein schneeweißes Hemd und eine taubenblaue Krawatte. Er hatte blendendweiße Zähne wie im Fernsehen, ohne Lücken, ohne Gold, er strahlte sie an und lachte. Schau, was ich dir mitgebracht habe. Er griff kurz hinter sich, holte ein Päckchen hervor, fast schon ein Paket, in rosa Glanzpapier mit einer riesengroßen dunkelroten Schleife. Das hielt er ihr entgegen.

Sie nahm das Paket, zog an dem einen Ende der Schleife, das ging ganz leicht, die Schleife war offen, sie riss am Papier, weg war das Glanzpapier, zum Vorschein kam ein anderes Papier, diesmal blau und ein anderes Band, diesmal silbern. Das silberne Band war fest wie ein Bindfaden, es endete nicht in einer Schleife sondern in mehreren Knoten. Sie machte sich daran, die Knoten zu lösen, einen nach dem anderen, mit geschickten Fingern, der große, schlanke, lachende Vater ermunterte sie, nickte ihr zu, gleich wirst du sehen, was ich dir mitgebracht habe, schien er zu sagen.

Eine Puppe? Eine sprechende und trinkende Babypuppe? Eine Puppe mit Echthaar zum Frisieren? Eine Barbie? Oder eine Barbie mit Ken? Das Paket war so groß!

Hatte sie einen Knoten gelöst, kam gleich ein neuer Knoten. Es wurden nicht weniger, so sehr sie sich auch anstrengte. Die lange Reihe von Knoten blieb immer gleich lang.

Hatte nicht mal jemand eine Schere?

Schau nach, was ich dir mitgebracht habe. So ein Geschenk hast du noch nie bekommen und überhaupt noch nie gesehen.

Er lachte sein strahlendes Lachen.

Es musste doch eine Schere geben, oder ein Messer.

Sie versucht es nochmal mit Aufknoten. Aber das bringt nichts. Jetzt werden die Knoten immer mehr.

Wo ist eine Schere?

Da reicht ihr der strahlende Vater die Schere. Sie ist riesengroß. Fast kann sie sie nicht in einer Hand halten. Für ihre Hände ist sie zu groß, nicht für das Geschenk.

Das Paket ist gewachsen. Sie hält die Schere mit beiden Händen. Ganz fest hält sie die Schere. Dann versucht sie die eine Seite der Schere zwischen Kordel und

Papier zu zwängen. Die Kordel ist jetzt fest wie ein Seil. Die Scherenseite passt kaum dazwischen. Mit aller Kraft schafft sie es. Endlich. Eine Seite der Schere ist unter der Seilkordel. Die andere Seite ist oben. Sie will schneiden. Die Schere verrutscht. Da, wo die Kordel war, ist plötzlich ihre linke Hand. Sie schneidet mit der riesigen Schere in ihre eigene Hand. Das Blut tropft auf das Riesengeschenkpaket. Sie schreit. Der Vater ist verschwunden.

Oma ist da.

»Was hast du geträumt?

Ganz ruhig. Alles ist gut. Komm, steh auf. Komm in die Küche. Wir wollen heute Marmelade kochen. Zuckersüß und leuchtend rot.«

Kein Vater. Kein Geschenk.

Drei Tage später träumt sie wieder von ihm. Wieder ist er groß und schön. Wieder ist er elegant. Er fährt im Auto an ihr vorbei. In einem großen silbernen Auto mit offenem Verdeck. Er winkt lachend. Winkt er zu ihr? Sie ruft Papa, hier bin ich, Papa, Papa, er hört sie nicht und ist schon im Gewühl verschwunden. Es ging so schnell, dass sie sein Gesicht nicht sehen konnte und auch nicht sein Geschenk.

Immer wieder taucht er nachts auf, ihr Vater. Im Auto, in dem Hotel für reiche Leute, das ihr Mama einmal gezeigt hat, in der Menge am Busbahnhof, im Flughafen.

Ihr Vater im dunkelblauen Anzug, im hellen Blazer, mit Flanellhose, mit Bügelfalten, millimetergenau, im modisch sportlichen Anorak,

Und immer unter dem Arm das Geschenk für sie, in buntem Blumenpapier, in rosa Krepppapier, in lindgrünem Seidenpapier, wie für eine Dame, für sie.

Er strahlt und lacht, wirft Kusshände.

Sie schnappt sich einen Kuss.

Den Vater kann sie nicht schnappen, in der Menge verschwunden, vom Erdboden verschluckt, im Auto davongebraust, die Hotellounge, in der er soeben noch saß, ist nicht mehr da.

Nachts sieht sie ihn, immer wieder, aber sie kommt nicht an ihn ran. Unerreichbar.

Aus der Traum - und aufgewacht. Tags gibt es keine Antworten. Von Mutter sowieso nicht. Als Mutter zu Besuch kam, fragte Milica: »Sag mir, wer ist mein Vater? Wo ist mein Vater?«

»Ach, lass mich doch in Ruhe. Wer hat dir diesen Floh ins Ohr gesetzt? Die Oma? Natürlich, hätte ich mir ja denken können. Na, egal. Irgendwann hättest du es ja sowieso erfahren. Nun lass mich in Ruhe. Hast du nicht gehört?«

Und Oma sagte, ich weiß es nicht, ich weiß es wirklich nicht, auch eine Oma weiß manchmal nicht alles. Lass gut sein, vielleicht kommt er ja eines Tages.

Die Träume werden seltener...

Ganz vorbei gehen sie nicht...

Bis zu einem Sommertag...

Im Sommer 1983 konnte die Mutter nicht kommen, denn sie hatte gerade ihr drittes Kind bekommen. Sie holte Milica für die Sommerferien nach Deutschland. Milica flog alleine nach Deutschland, bekam den kleinen neuen Bruder zu sehen, winzig klein, der Nesa, ein Frühchen, das viel Aufmerksamkeit brauchte, und sie flog wieder zurück nach Serbien, alleine, in Deutschland unbehütet, sie machte alles alleine.

In Deutschland lebte die Mutter mit Nikola, dem kleinen Nesa und Ivan, dem Stiefvater. Der Stiefvater war unzuverlässig, außerdem schlug er die Frau Milica sieht ihn nach mehr als 20 Jahren wieder, sie hatte ihn manchmal ein wenig gemocht, denn zu ihr war er nett; 20 Jahre später erlebt sie ihn mit anderen Augen; 20 Jahre später will der Stiefvater, dass sie sich um seine deutschen Rentenansprüche kümmern soll, sie merkt jetzt, wie er alle im Stich gelassen hat und nun als alter Mann wieder ankommt und bettelt und fordert. Sie lehnt seine Forderungen ab, aber leicht fällt ihr das nicht!

Ihre beiden Brüder haben eine Mordswut auf Ivan; wenn Nikola ihn wiedersehen würde, er würde ihm was antun, so glaubt Milica; nur Milica spürt keine Wut.

Der Vater war Ivan gewesen. Aber eigentlich dann doch nicht mehr. Ivan war der Vater von Nikola und Nesa. Und von Milica? Nein, klar war, er war nicht ihr Vater. Ivan war nur ihr Stiefvater. Milica mochte Ivan. Ivan war gut zu ihr. Wie ein Vater?

Ein Stiefvater ist wie ein Vater. Wenn nur das *wie* nicht wäre. Er ist eben doch nicht der Vater! Immer nur *wie*, das reicht nicht mehr aus.

Wer war ihr Vater? Wo war ihr Vater?

Ohne Antwort reist Milica zurück nach Jugoslawien.

1985 in Serbien. Zwölf Jahre alt. Die Mutter sagt: »Wir fahren zu deinem Vater.«

»Sag das nochmal, Mama, kann das denn wahr sein? Wir fahren zu meinem Vater?«

»Zieh dich an, wir fahren nach Novi Sad, zu deinem Vater!«

»Wann fahren wir?«

»Was soll ich anziehen?«

»Wie sieht er aus?«

»Wo wohnt er?«

»Mach schnell. Dein Vater ist Hoteldirektor in Novi Sad. Wir müssen gleich los. Ivan bringt uns in die Stadt. Beeil dich.«

Das rote Kleid war dreckig. Wenn es heute schon losging zum Vater nach Novi Sad, dann konnte sie es nicht mehr waschen, und die Flecken waren so hartnäckig, die ließen sich nicht rausrubbeln. Das hatte sie schon versucht.

»Mama, was kann ich anziehen? Mama, ich brauch ein Kleid!«

»Nimm das rote Kleid, das sieht gut aus«, hatte die Mutter gesagt.

»Aber die Flecken...«

Die Mutter hörte gar nicht mehr, die Mutter war gar nicht mehr da, sie war sicher zur Nachbarin rübergegangen zum Locken eindrehen.

In Mutters Schrank hingen Kleider, bunt, grün, dunkelblau. Viel zu riesig. Ging also nicht.

Bei Oma gab's nichts, gar nichts. Tante Spomenka, die würde was haben, die könnte ihr sicher ein Kleid geben. Kam sie da hin? Sie konnte hinlaufen, es würde dauern, bestimmt bis abends.

»Mach schnell, wir wollen bald los.«

Das war die Stimme der Mutter. Sie war schon wieder da. Also keine Zeit zu Tante Spomenka zu laufen.

Oma hatte in der Küche einen Korb mit allem möglichen Durcheinander. In den Korb kroch Milica hinein. Heraus kam sie mit einer weißen Bluse, ehemals weißen Bluse. Die zog sie über das rote Kleid. Die verdeckte die Flecken vielleicht. Vielleicht auch nicht.

Einen Schminkstift für die Augen hatte sie zum Glück vor kurzem gefunden, auf der Straße im Staub,

52

ein kleiner Stummel, reichte aber um die Augen so richtig zum Glänzen zu bringen. Schuhe, na ja, die waren nichts; aber vielleicht sah der Vater ja mehr in ihr Gesicht, nicht so nach unten auf die Füße mit den scheußlichen Schuhen. Oder vielleicht sah er die Schuhe, hatte sogleich Mitleid und kaufte ihr dunkelrote Lackschuhe. Die hatte sie einmal gesehen, und die wünschte sie sich sehnlichst.

Auf dem Weg nach Novi Sad sprach die Mutter nicht viel. Milica sang leise vor sich hin, ich werde einen Vater haben, mein Vater ist ein Direktor, mein Vater ist ein Hoteldirektor. Mein Vater ist groß und stark!

Groß, stark und gutaussehend sollte er sein. Sie wollte an seiner Hand gehen und alle sollten sich nach ihnen umdrehen: So ein schönes Paar, so ein guter Vater mit so einer lieben Tochter. Das hätten wir doch auch alle so gerne. Wir mit unseren abgearbeiteten Vätern, die müde vom Feld oder aus der Fabrik kommen, in dreckigen Kleidern und mit krummen Rücken. Kurz stehen bleiben würden die Menschen auf der Straße, sich umschauen, miteinander tuscheln, so ein schönes Paar.

Sie erkannte ihren Vater schon von weitem. Ihr Vater war groß, ihr Vater war gut gekleidet, er trug einen grauen Anzug und ein helles Hemd. Er hatte kurz geschnittenes dunkelblondes Haar, das vorne in einer Tolle zusammenlief, die pomadengesichert fest und unverrückbar saß. Großartig. Sicher war er auch stark. Nie wieder müsste sie vor den großen Jungs Angst haben, die ihr hinterherriefen: Na, wo ist denn dein Vater, du hast doch gar keinen Vater, wenn du einen hast, dann zeig ihn uns doch, und dann rannte sie davon, die großen Jungs rufend hinterher. Sie war schnell, außer Atem kam sie beim Haus der Großmutter an. Und am nächsten Tag ging es wieder los, wieder jagten sie die großen Jungs, wieder lief sie so schnell sie konnte, wieder riefen sie, wo ist denn dein Vater, zeig ihn doch mal, wieder erreichte sie das Haus der Großmutter in der letzten Zehntelsekunde, bevor die Jungs sie einholten. Ja, sie war schnell. Doch sie hatte Angst. Irgendwann würden die Jungs sie zu fassen kriegen.

Doch nun würde sie bald keine Angst mehr haben müssen, nicht vor den großen Jungs und vor niemandem.

In Novi Sad blieben sie nur kurz. Der Vater zeigte kein Interesse an Milica, er schaute sie kaum an, er schaute durch sie hindurch, für ihn war sie nicht seine Tochter. Die Mutter wollte sein Geld; er sollte für die Tochter bezahlen. Die Mutter wollte einen Bluttest. Darauf bestand sie. Sie vereinbarte einen Termin in der Gesundheitsstation. Der Test sollte die Wahrheit ans Licht bringen.

Milica wollte einen Vater.

Zum Bluttest schickte die Mutter Milica allein; irgendein Nachbarskind war dabei, sonst niemand. Die Mutter war mittlerweile wieder nach Deutschland abgereist.

Milica kam zum Blutabnahmetest; der mutmaßliche Vater war mit seiner Frau dort, er sagte nur: »Was willst du von mir, verschwinde!«

Wäre da irgendwo ein Loch gewesen, sie wäre darin verschwunden und sie wäre nie wieder aufgetaucht.

Es gab keinen Bluttest.

Ohne die Unterschrift der Mutter gab es keinen.

Das war's dann mit der Vatersuche.

Die Villa

Sremski Karlovci, deutsch Karlowitz, ungarisch Karlócza, Stadt in der Wojwodina, in der Republik Serbien, in Sirmien, am rechten Ufer der Donau, südöstlich von Novi Sad, 8800 Einwohner (mit ungarischer und deutscher Minderheit); Sitz des serbisch-orthodoxen Bischofs von Sirmien, Priesterseminar, Archiv der Wojwodina, Stadtmuseum (im Patriarchenpalais von 1892); Zentrum eines Weinbaugebiets (Weinkellereien); Nahrungs- und Genussmittelindustrie.[1]

Was macht ein Mann, der für seine Familie sorgt? Was macht ein serbischer Mann? Ein serbischer Mann, der für seine Familie da sein will? Der Mann baut ein Haus.

Und wenn er schon keins baut, dann kauft er zumindest eins.

Ein Haus für seine Frau und seine Kinder.

Ivan kaufte in Serbien ein Haus für die Familie; ein großes Haus für alle. Alle sollten in Serbien zusammen leben.

Vorerst wollte er in Deutschland arbeiten und Geld nach Serbien schicken, so lange, bis er eines Tages auch mit der Familie gemeinsam dort in dem Haus leben könnte.

---

1 Quellenangabe: Munzinger Online/Brockhaus – Enzyklopädie in 30 Bänden. 21. Auflage. URL: http://www.munzinger.de/document/12021000601, abgerufen von Stadtbücherei Marburg am 30.06.2016.

1985, Milica war zwölf, da zogen sie in das Haus ein.

Zwei Jahre sollten sie in dem Haus bleiben. Wer blieb in dem Haus? Das werden wir gleich sehen. Und später sollte das Haus unbewohnt bleiben. Auch das werden wir sehen.

Das Haus steht in der Kleinstadt Sremski Karlovci. Das Haus steht am Hang. Vom Eingang des Hauses öffnet sich der Blick ins Tal. Sremski Karlovci ist ein wunderschöner Ort. Noch schöner ist das Haus: ein Schmuckstück! Ivan hat das Haus gekauft. Er ist stolz. Er hat es geschafft. Er fährt seine Familie dorthin. Die Frau strahlt und umarmt ihren Ivan. Milica und Nikola tanzen durch alle Zimmer, stürmen auf den Dachboden, verstecken sich im Keller; das Paradies. Die Mutter zog mit Milica, Nikola und dem kleinen Nesa in das Haus.

Alleine mit den Kindern. Ivan fuhr wieder nach Deutschland, er arbeitete in Deutschland, er wollte von Frankfurt aus für die Familie sorgen, die Mutter sollte bei ihren Kindern bleiben. Er versprach monatliche Überweisungen. Einmal kam das Geld, dann kam nur die Hälfte, dann wartete die Familie zwei Monate, bis wieder ein wenig ankam. Es tröpfelte so heran. Eine Mutter mit drei Kindern kann keine Tropfen gebrauchen, eine Mutter mit drei Kindern braucht regelmäßige Überweisungen. Die kamen nie.

Die Mutter und ihre drei Kinder waren die Ärmsten im ganzen Ort. Armut gab es genug in Sremski Karlovci, aber Armut mit einem Vater, der in Deutschland arbeitete und dort harte Deutsche Mark verdiente, das gab es nicht in Sremski Karlovci.

Keiner sollte das wissen. Sie lebten in einer Villa. Nur das sollten die Leute wissen.

Sie schämten sich, dass sie nichts hatten, wo sie doch in der Villa lebten.

Diese Armut war ihnen peinlich.

Sah man von Sremski Karlovci den Berg hinauf, so erblickte man ein geräumiges großzügiges Haus. Kam man den Berg hinauf und näherte sich dem Haus, so erwartete man ein gastliches einladendes Interieur.

Wohnte man in dem Haus, so stellte man fest: Es gab keinen Strom, es gab keine Toilette im Haus, nur ein Plumpsklo irgendwo hinterm Haus, draußen.

Sie sammelten Regenwasser, um sich damit zu waschen, sie liefen den Berg hinab in den Ort, um Wasser aus dem Brunnen zu holen, Wasser, das man trinken konnte.

Sie bauten Salat an, Milica verkaufte den Salat auf dem Markt.

Die Mutter kaufte eine Ziege, damit die Kinder Milch hätten. Als wieder wochenlang kein Geld aus Deutschland kam, da schlug die Mutter wütend auf die Ziege ein; daraufhin war es mit der Milch vorbei.

Milica wurde in den Laden geschickt und sollte auf Kommission kaufen: Salz, Zucker, oder Mehl. Irgendwann war die Liste der nicht bezahlten Rechnungen in dem kleinen Laden so lang, dass der Händler ihr nichts mehr auf Kommission gab.

Milica hatte viele Freunde in dieser Zeit, sie fühlte sich wohl in Sremski Karlovci; doch mit der Mutter gab es immer Stress. Milica war eine mittelmäßige Schülerin, so eine Dreierschülerin, der Mutter gefiel das nicht, Milica kam eines Tages nach der Schule nach Hause; die Mutter hatte alle Poster in ihrem Zimmer zerrissen, einfach so aus Wut über Milicas angebliche Schulprobleme.

Die Mutter schikanierte Milica, wo sie nur konnte. Der Mann war weit weg, die Söhne waren klein; Milica war die Große, die kriegte die Wut ab.

Die Mutter fand irgendwo einen Kassettenrekorder, der ließ sich verkaufen, mit dem Geld kaufte sie ein Busticket nach Deutschland, den kleinen Nesa nahm sie mit. Milica und Nikola ließ sie alleine – zu zweit – in der Villa zurück. Vier Monate lang blieben die beiden Kinder allein in dem Haus. Milica war 13 Jahre alt, Nikola war 10. Ein wenig Geld hatte die Mutter ihnen zur Versorgung gelassen.

Alleine waren sie und Angst hatten sie.

Manchmal kamen Nachbarn und fragten nach, ob die Kinder etwas bräuchten, ob die Kinder zurechtkämen. Die Nachbarn hatten Mitleid. Zwei Kinder allein.

Vier Monate alleine mit Nikola. Vier Monate allein zu zweit in einem Haus ohne Wasser und ohne Strom. Vier Monate nur eine Dreizehnjährige und ein Zehnjähriger. Die Dreizehnjährige verantwortlich für alles: Irgendwie etwas zu Essen kaufen, irgendwie etwas kochen, irgendwie die Kleidung sauber halten, die gröbsten Flecken mit dem gesammelten Regenwasser auswaschen, morgens rechtzeitig aufwachen und aufstehen und Nikola wecken, mit Nikola in die Schule gehen, in der Schule nicht auffallen, bloß nicht auffallen, es ist schon klar, dass das nicht so ganz normal ist, dass die Kinder alleine sind, bloß nicht bei der Lehrerin auffallen, das hat auch die Mutter gesagt, keiner braucht das zu wissen, wir kommen ja bald wieder, Nesa und ich. Wie lange muss das Geld reichen, das die Mutter ihnen dagelassen hat? Was heißt das, wir kommen bald wieder? Abends hört sie Geräusche. Es ist dunkel. Sind das die Schritte der Mutter? War das nicht die kleine piepsige Stimme von Nesa?

In Milicas Erinnerung verschwindet diese Zeit; die Zeit schrumpft zusammen.

Die Zeit ist wie weggeblasen, sagt Milica fast 30 Jahre später. Die Zeit ist einfach aus dem Kopf geblasen, aus dem Kopf und aus dem Körper, einfach weg.

Vier Monate oder 120 Tage. Milica erinnert sich später an keinen einzigen Tag. Schließlich tauchen ein paar Momente auf, ein Morgen in der Schule, sie hatte vergessen, nach der Kleidung zu sehen, die großen Flecken auf dem T-Shirt sind nicht zu übersehen, lassen sich nicht verbergen. Noch Jahre später fühlt sie die Scham, ob ich wohl rot werde, denkt sie?

Ein Nachmittag in der Küche, Milica zählt das Geld, es fehlt was, gestern war noch mehr da; Milica schaut Nikola böse an, Nikola schaut unschuldig zurück. Milica schimpft: Nikola, du warst es, du hast was aus unserer Kasse gestohlen, du hast was gekauft, gib es endlich zu. Nikola weint, nein nein nein, ich war es nicht, nein wirklich nicht. Zeig mir, was du gekauft hast! Nein nein nein, ich hab gar nichts, ich hab nichts genommen. Milica heult, Nikola heult. Das Geld bleibt verschwunden.

Für Milica bleibt es die geschrumpfte Zeit, für Milica sind vier Monate wie vier Stunden, wie vier Tage, wie vier Minuten.

Für Nikola nicht. Für Nikola sind die vier Monate endlos; endlos die Angst im Dunkeln, endlos die Sehnsucht nach der Mama, endlos das Frösteln in der abendlichen Kälte, endlos die Tage mit leerem Magen, wenn Milica nichts Richtiges zu essen auftrieb, und wieder das endlose Dunkel mit der endlosen Angst. Für Nikola ist das ganz schlimm, sehr schlimm, nach beinahe 30 Jahren immer noch sehr schlimm, sagt Milica.

Nach vier Monaten steht die Mutter in der Tür. Nesa ist nicht dabei, den hat sie in Deutschland gelassen. Packt eure Sachen, wir fahren nach Deutschland!

Die Villa bleibt zurück. Die Villa mit dem traumhaften Blick ins Tal von Sremski Karlovci.

Die Kinder fahren mit der Mutter nach Deutschland.

Das war das Ende von Milicas Leben in Serbien.

Von der Villa ins Frauenhaus

Während Milica und Nikola in der Villa ohne Strom und Wasser allein blieben, fuhr die Mutter mit Nesa im Arm wütend nach Frankfurt. Wenn Ivan nicht genug Geld nach Serbien schickte, dann musste sie eben nachforschen, wo er blieb, was er so trieb, und wie sie an das Geld herankommen konnte. Sie zog zu Ivan in die gemeinsame Wohnung in die Kaiserstraße. Sie fand Arbeit in der Schnitzelstube in derselben Straße. Warum hatte Ivan nicht regelmäßig Geld geschickt? Was machte er mit dem Geld? Wollte er nicht für die Familie sorgen?

Ivan antwortete nicht auf ihre Fragen.

Er stellte sich stur.

Er hatte Geld geschickt und er würde weiterhin Geld schicken.

Das würde schon alles werden. Für die Basis hatte er ja schon gesorgt, er hatte ihnen die Villa in Sremski Karlovci gekauft.

Das war ja wohl die Höhe! Diese Bruchbude! Die Villa nannte er das! Kein Strom, kein Wasser. Abends saßen sie wie im Mittelalter mit Kerzenstummeln. Wasser mussten sie aus dem Dorf hochtragen wie im afrikanischen Busch! Das ganze Dorf redete über sie und zeigte mit dem Finger auf sie. Auf die Familie mit dem

Mann in Deutschland, der kein Geld schickte, der die Familie im Dreck sitzen ließ!

Und was hast du gemacht? Wehrte sich Ivan. Du hast unseren Sohn und deine Tochter einfach dort gelassen, du Rabenmutter.

Das war zu viel.

Erst schickte er keinen Pfennig und dann machte er ihr noch Vorwürfe.

Wenn sich jemand um die Kinder kümmerte, dann war sie es.

So hatte sie sich das Leben mit ihm nicht vorgestellt, niemals, nicht in ihren schlimmsten Träumen. Zu gar nichts war er nutze, zu gar nichts fähig. Das schrie sie heraus!

Das ließ er sich nicht zweimal sagen, zu gar nichts nutze, zu gar nichts fähig, hatte sie gesagt, diese Schlampe.

Nesa schrie auf. Er hing im Arm der Mutter, als der erste Schlag traf.

Noch in derselben Nacht ging die Mutter mit Nesa ins Frauenhaus.

Milica und Nikola, die in der serbischen Villa geblieben waren, holte sie nach, von Jugoslawien nach Deutschland, direkt ins Frauenhaus.

Als Milica das Frauenhaus sah, da war es für sie wie das Paradies: helle Räume, saubere Toiletten, fließendes kaltes und sogar warmes Wasser, beigefarbene weiche Teppichböden, Blumenbilder an den Wänden, Topfpflanzen auf den Fensterbänken.

Die zuständigen Sozialpädagoginnen starten ein Programm der Familienzusammenführung. Sie arrangieren ein Treffen der Mutter und der drei Kinder mit Ivan.

Ivan hat Angst vor dem Treffen. Also trinkt er. Zugesoffen erscheint er zur Familienzusammenführung. Damit war das Programm gescheitert.

Mit dreizehn begann Milicas Leben im Frauenhaus. Von nun an war Deutschland ihr Zuhause; Jugoslawien oder besser Serbien, wie es wenig später heißen sollte, waren fortan nur noch Besuchsland.

Vormittags ging Milica in die Schule. Nachmittags musste sie putzen gehen. Das verordnete die Mutter. Lange Büroetagen, viele Stockwerke, endlose Flure. Sie sollte Geld verdienen, sie sollte die Mutter, die sowieso viel putzen ging, unterstützen.

Die Banknachbarin in der Schule fragte nach Milicas Mutter. Sie sagte, meine Mutter ist Friseurin. Nie sagte sie, dass die Mutter putzte, und auch nicht, dass sie selbst putzte. Sie schämte sich.

Ljubica war toll. Ljubica hatte dunkles dichtes Haar und funkelnde Augen. Ljubica war 16. Sie lebte mit ihrer Stiefmutter im Frauenhaus. Ljubica war auch aus Serbien. Eine serbische Zigeunerin. Selbstbewusst. Sie ließ sich von der Stiefmutter nichts mehr sagen; sie wollte keine Regeln befolgen, schon gar nicht die Regeln der Stiefmutter. Alles, was die Stiefmutter sagte, prallte an Ljubica einfach so ab.

Ljubica die Rebellische.

Milica bewunderte die Ältere.

Milica folgte ihr auf Schritt und Tritt.

Milica lernte von ihr.

Rebellisch sein, das konnte sie auch. Und das wollte sie auch.

Die Mutter sagte ihr, sie solle mit Nesa zur Toilette. Sie sah einfach durch die Mutter hindurch.

Die Mutter sagte ihr, sie solle für die Schule lernen. Sie tat so, als habe sie nichts gehört.

Die Mutter sagte ihr, sie solle das Geschirr spülen. Sie verließ wortlos die Küche.

Dann verbot ihr die Mutter den Umgang mit Ljubica.

Schon eine Stunde später war sie mit Ljubica auf dem Weg in die Frankfurter Innenstadt – entwischt.

Nächste Station:
Kinderheim Frankfurt-Niederrad

Ohne Mama. Endlich frei. Frei im Kinderheim. In Frankfurt-Niederrad. Mit meiner lieben Selma. Meiner Freundin Selma!

Ein nettes Haus. Geräumig. Ein großer Garten. Bunt gestrichene Flure. Poster an den Wänden. Fernsehraum und Tischtennis. Mit Selma zusammen in einem Zimmer. Die war schon groß. Ein Jahr älter. Von 1987 bis 1989 war Milica im Kinderheim. Eigentlich eine schöne Zeit. Eigentlich ihre beste Frankfurter Zeit.

Wie kam sie da hin? Und wie kam sie da wieder raus? Und warum überhaupt?

Wenn Milica nach ihren Streifzügen mit Ljubica spät abends oder mitten in der Nacht zurückkam, schrie die Mutter jedes Mal. Die Stimme der Mutter überschlug sich, sie kochte vor Wut. *Du kommst ins Kinderheim,* war das Einzige, was Milica verstand. Jedes Mal diese Drohung *ins Kinderheim.* Je mehr die Mutter schrie, je größer die Drohung mit dem Kinderheim wurde, umso mehr verwandelte sich das Kinderheim in Milicas Phantasie zum Ort ihrer Träume.

Wenn die Mutter sie loswerden wollte, bitteschön, das konnte sie haben.

Einmal war sie wieder gleich nach der Schule mit Ljubica in die Stadt gefahren, sie hatten sich amüsiert, coole Leute getroffen, die hatten tolle Klamotten, die rauchten, keine Ahnung was, irgendwas rauchten die, alle waren so frei, nur sie nicht.

Als Ljubica und sie zurück ins Frauenhaus kamen, spürte sie schon, was sie erwartete. Und sie spürte auch, was sie diesmal machen würde.

Ganz schnell ging das.

»Du kommst ins Kinderheim. Jetzt reicht's aber wirklich. So eine Schlampe bist du!«

Drei Sekunden später war sie im Büro der Sozialarbeiterinnen.

»Ich halt das nicht mehr aus. Mit der Frau geht's nicht mehr. Sie sehen ja selbst, wie die zu mir ist. Ich kann nicht Schularbeiten machen, die schickt mich immer nur rum, dies machen und jenes holen, und putzen gehen und auf die Jungen aufpassen. Grausam ist die zu mir. Soll das eine Mutter sein? Die ist keine Mutter! Ich will ins Kinderheim. Bitte, bitte, schickt mich ins Kinderheim.«

Es dauerte höchstens drei Tage. Dann war sie in Niederrad.

Selma lernte sie dort gleich am ersten Tag kennen. So nett zu ihr, der erste Mensch in Deutschland, der so nett zu ihr war. Natürlich nicht aus Deutschland. Selma war aus der Türkei. Sie nahm sie gleich mit in ihre Clique. Alles Ausländer, viele Türken, auch einige Serben, alle hatten Schwierigkeiten mit ihren Familien. Das brachte sie zusammen.

Serbisch hören, Serbisch sprechen, das war's.

Serben, die in intakten Familien lebten, in serbischen Familien, in funktionierenden Familien, die gab es auch, in der Schule gab's die. Aber mit denen ging's nicht, das konnte sie nicht. Die Serben in der Clique, die hatten alle Stress zu Hause. Mit denen konnte sie sich wohl fühlen.

Mit Selma und mit Selmas Clique war es wunderbar. Selma wusste so viel und kannte das Leben in Deutschland. Selma hatte Ahnung vom Kinderheim mit seinen Regeln, welche man befolgen musste, um nicht weiter aufzufallen und welche nicht; Selma kannte sich mit den Erzieherinnen und Erziehern aus; Selma wusste, wie man abends abhauen konnte; Selma wusste, wohin man abhauen konnte, wo die coolsten Leute waren; und überallhin nahm Selma sie mit. Selma schien sie wirklich zu mögen. Selma strich ihr über die Haare und sagte, wie wunderschön ihr Haar sei. Das hatte bisher nur Tante Spomenka gemacht. In Deutschland sowieso noch niemand.

Selma zeigte ihr, wie sie ihre Augen am eindrucksvollsten schminken konnte, Selma hatte Ohrringe für sie und wusste, welche T-Shirts ihr standen.

Mit Selma und ihrer Clique lernte sie jeden Tag Neues kennen: Ständiges Schule schwänzen und ab in die Stadtmitte zur Konstablerwache; Drogen ausprobieren; erst rauchen, dann andere, unbekannte Drogen einschmeißen; sich dran gewöhnen; irgendwann spritzen; klauen für Drogen.

Immer mit der Clique. Wenn's ging, von morgens bis abends. Nie mehr allein. Eigentlich fühlte sie sich auch in Selmas Clique einsam. Immer ist sie irgendwie klargekommen. Schon als Vierzehnjährige. Sie hatte nie Probleme damit, Leute kennen zu lernen. Und innendrin fühlte sie sich meist einsam, sie hatte das Gefühl, sie sei der einsamste Mensch der Welt, besonders in Deutschland hatte sie dieses Gefühl. Nur mit Selma ging das Gefühl manchmal ein bisschen weg.

Mehmet war auch in der Clique. Die ganze Clique war toll. Am tollsten aber war Selma. Und Mehmet? Der war einzigartig, der war der Allertollste von allen. Milica himmelte ihn an; erst dachte sie, er ginge mit Selma; es sah so aus; dann spürte sie, dass er näher an sie heranrückte, auch, wenn sie zu dritt waren; irgendwann rückten Mehmet und sie ganz nah zusammen.

Wenn Selma dabei war, dann fühlte sich Milica fast wie in einer Familie, so einmalig schön.

Nach zwei Jahren, Milica war 16, wurde sie aus dem Heim rausgeschmissen, wegen ständigen Schule

Schwänzens und heftiger Drogendelikte; man schickte sie zur Mutter zurück.

Eine Nacht blieb sie.

Das letzte Mal, dass sie bei ihrer Mutter *lebte*.

Auf der Straße, 1989-1993

Vier Jahre zusammengepresst auf ein paar Seiten
die Eloquenz der sonstigen Phasen erlischt –
besser so
ausführlich wäre schnell an der Schwelle zum
Kitsch vier Jahre zusammengepresst und angerissen
In der Abwärtsspirale

Vier Jahre zwischen...
zwischen allem
auf der Straße – bei Freunden –
in einer schmuddeligen Pension im Bahnhofsviertel -
im Hotel
vier Jahre mit Mehmet
der Türke aus Selmas Clique
ein Jahr älter als Milica
so viel weiter als Milica
ihr Lehrmeister
In der Liebe
im Drogenkonsum
in der Beschaffung

Was Mehmet machte
das machte Milica auch
Mehmet sagte, wir wechseln den Ort
wir gehen von der Konstabler weg

Wir gehen zum Hauptbahnhof
Wir – das waren Milica und er
Milica ging mit - zum Hauptbahnhof.
Mehmet sagte, wir nehmen mehr
sie nahmen mehr
Mehmet sagte, wir nehmen Heroin
Wir – das waren Milica und er
Milica kam mit - zu den harten Drogen.
Mehmet sagte, wir brauchen Geld
Sie kamen in den Kreislauf von Klauen – Stoff kaufen
und verkaufen – konsumieren
Sie – das waren Milica und er
Milica klaute, kaufte, verkaufte, konsumierte.

Mit Mehmet lernte Milica alle Facetten des Drogenkon-
sums und alle Facetten des Klauens und Dealens.

Mehmet träumte von der Türkei
Milica träumte von Serbien
Deutschland war beschissen
sie waren beide entwurzelt,
doch wo waren überhaupt ihre Wurzeln?
wie abgeschnitten waren sie beide
das war es, was sie zusammenhielt
seelenverwandt.
Selma sagte stopp
Selma ging
Dann war Selma weg.
Und sie blieb mit Mehmet allein.

Selma

Warum willst du nicht mehr, Selma?
Was machst du?
Ohne dich bin ich so allein.
Gut, du hast Recht, ich hab ja noch Mehmet.
Aber, glaub mir, das ist nicht dasselbe.
Nicht dasselbe wie mit dir.
Selma, das ist so gemein.
Warum lässt du mich jetzt hier allein?
Nein, es stimmt nicht, dass ich all die anderen habe.
Du glaubst nicht, wie einsam ich mit denen allen bin.
So jemanden wie dich hab ich in meinem ganzen Leben
noch nicht gehabt.
Und jetzt willst du einfach weg.
Ich soll mitkommen?
Selma, ich kann nicht mitkommen.
Selma, ich kann hier nicht raus.
Selma, ich will, dass wir beide hierbleiben.
Wohin soll ich denn gehen?
Du kannst neu anfangen.
Ich kann das nicht. Wohin soll ich gehen?
Du bist so gemein, Selma.
Du kannst gehen.
Du weißt wohin.
Ich kann das nicht.

Für mich gibt es kein Wohin.
Du lässt mich einfach allein.
Gemein allein gemein allein gemein gemein gemein

Du blöde Kuh, geh doch, geh doch endlich
Glaubst du, ich brauchte dich
Nie im Leben
Mach doch, was du willst
Bleib mir vom Hals
Bleib mir gestohlen
Mach, dass du wegkommst
Verpiss dich

Selma ging. Milica blieb.

2016 trafen sie sich bei Facebook wieder.
In einem anderen Leben.
Gibt es ein anderes Leben?

Nach dem Facebook-Kontakt verabredeten sie sich im richtigen Leben.

Beide waren Mütter.
Selma arbeitete als Bürokauffrau, Milica als Physiotherapeutin.
Was sie mit 16, 18 und 20 gemacht hatten, das ahnte kaum einer.
Es klebte an ihnen,
Auch wenn es keiner wusste.

Nesa

Da tauchte Nikola schon wieder auf. Was wollte er schon wieder hier? Was sollte das? Die Mama hat ihn geschickt, natürlich. Was soll das? Was will sie? Nikola sagt, sie solle mitkommen, die Mama will, dass sie nach Hause kommt. Nikola packt sie am Arm. Sie wehrt sich. »Lass das!« Aber er lässt es nicht. »Lass mich sofort los.« Aber er lässt nicht los.

Sie zerrt an ihrem Arm. Komisch, sonst ging das doch. Sonst konnte sie sich losreißen. Was ist bloß passiert?

Nikola lächelt nur. Sie zerrt hin und her und kann sich nicht losreißen. Nikola bleibt fest wie ein Fels stehen. Merkwürdig, was ist hier los? Was geht hier nicht? Jedes Mal konnte sie sich losreißen.

Nikola konnte ihr nichts anhaben. Immer konnte sie entscheiden, ob sie mit ihm mitging oder nicht. Sie zerrt und rüttelt. Nikola lächelt.

Und da begreift sie es. Da ist es klar. Das Lächeln des Siegers. Ein siegesgewisses Lächeln.

Nikola ist stärker als sie.

Das ist neu.

Das ist gemein.

Das ist nicht zu ändern.

Also dann muss es eben sein. Widerwillig geht sie mit Nikola nach Hause. Nicht wegen Mama. Nicht wegen Nikola. Wegen Nesa. sie muss Nesa sehen. Sie vermisst Nesa so. Sie vermisst Nesa wie, sie weiß nicht wie, wie, wie, eben wie Nesa. Ihr kleiner Nesa. Der Einzige, der zählt. Hier in Deutschland der Einzige.

Mit Nesa auf der Coach, Kinderstunde, Sesamstraße, Ernie und Bert; Nesa schaltet um, er will Action, Nesa zappt, zeigt ihr alle seine Lieblingssendungen. Nesa holt Limo aus dem Kühlschrank. Nesa zeigt ihr seine Playmobils. Nesa lässt die Playmobilmännchen tanzen. Und er lässt die Playmobilmännchen schießen. Aufeinander, auf den Dicksten, auf sie beide! Nesa verschüttet die Limo, das schießende Playmobilmännchen ist schuld, die Limo rinnt über das Polster, die Limo sickert in den Schaumstoff ein, die Limo bildet eine Lache auf dem Fußboden. Sie wischen alles weg, so gut sie können. Hauptsache, die Mama sieht nichts. Sie spielen weiter und zappen weiter.

Die Mama hat nichts gesehen. Die Mama hat nichts gerochen. Aber die Mama hat das Klebrige unter ihren Sohlen gespürt. Die Mama hat das Klebrige auf dem Polster vom Sofa gefühlt. Sie ist dran festgeklebt, das hat sie gesagt. Nein, geschrien hat sie es. Wütend ist sie geworden. »Immer nur Unsinn mit Milica. Mein gutes Polster! Wenn man ein einziges Mal ein schönes Sofa hat! Milica, was hast du gemacht? Kannst du nicht aufpassen? Kannst du nicht auf Nesa aufpassen? Was willst du hier überhaupt?«

»Ich bin nicht schuld. Nesa hat alles verschüttet. Das ist egal. Ich bin sowieso immer schuld. Nesa ist der kleine Liebling. Und im Übrigen, ich wollte nicht kommen. Nikola hat mich geholt. Weil du es unbedingt wolltest. Du wolltest, dass ich nach Hause komme. Du hast Nikola geschickt. Er sollte mich suchen. Er sollte mich abholen.«

»Hau doch ab, wenn du hier zu nichts nütze bist!«

Nesa weint.

Nikola hat sich verzogen.

Sie sucht ihre Sachen. Im Schrank sucht sie nach Slips und T-Shirts. Nesa weint. »Nicht gehen«, bettelt er.

»Ich komme wieder, Nesa, bestimmt, ich komme wieder.«

»Nein, nicht gehen« schreit Nesa.

Mama holt Gummibärchen für Nesa. An ihrer Tochter schaut sie vorbei.

Nesa hängt an Milicas linkem Bein. Um gehen zu können, muss sie ihn abschütteln.

Sie flüstert ihm zu: ich komme wieder, nicht weinen, ich komme, wenn Mama nicht da ist.

Mittlerweile hat sich die Mutter wieder beruhigt, jetzt will sie sie nicht mehr rausschmeißen. Aber schuld ist sie trotzdem an dem Klebesofa.

Jetzt will Milica aber nicht mehr bleiben. Allein, wie die Mutter sie schon ansieht, igittigitt. Milica kann es nicht ertragen.

»Wo willst du hin?« will sie wissen. Noch nie hat sie interessiert, wo Milica hingeht. Warum heute?

»Ist doch egal« sagt Milica.

»Nein, das ist nicht egal. Ich will wissen, wo du hingehst! Und überhaupt, die Polizei...«

Dann bricht sie ab.

Aber Milica hat es deutlich gehört: »die Polizei« hat sie gesagt. Ganz deutlich.

»War die Polizei hier? Was sagst du da, Mama?«

»Nein, nein, nichts, gar nichts.«

Nesa wiederholt: »Polizei, eins zwei drei, Polizei! Po – li – zei! Eins zwei drei!!! POLIZEI!«

»Was hast du gesagt, Mama?«

»Gar nichts, nein, gar nichts.«

Milica schreit, die Mutter schreit, Nesa dazwischen: »Eins zwei drei Polizei!«

Irgendwann hört Milica auf – hat doch keinen Zweck. Sie nimmt die Tasche mit der Wäsche und den T-Shirts und knallt die Tür hinter sich zu.

Nicht die Mutter will wissen, wo sie hingeht – die Polizei will es wissen. Die Polizei war bei der Mutter. Die Polizei hat nach ihr gefragt. Der Mutter ist alles egal, Hauptsache, Milica bringt ihr schöne Sachen. Die nimmt sie. Die sind ihr nicht egal. Goldschmuck ist immer gut. So wie neulich der goldene Anhänger mit der gebrochenen Rose. Den hat sie sofort genommen. Ganz gierig war sie drauf, richtig geil war sie drauf. Und überhaupt nicht gefragt hat sie, wo Milica den herhatte. Das war ihr völlig gleich. Hauptsache echtes Gold. Da war die Tochter doch zu was nütze. So gefiel sie ihr. Die Tochter, die Goldschmuck brachte, ein Goldesel, den sie melken konnte. Das gefiel ihr gut. Sie wusste genau, dass alles geklaut war. Sie wollte es aber nicht wissen.

Doch nun plötzlich das neue Interesse. Kind, wo gehst du hin? Kind, wo willst du schlafen? Kind, was machst du auf der Straße? Kind, komm nach Hause.

Das war nicht ihre Mutter, das war die Polizei, es war die Stimme der Polizei.

Hatte die Mutter Angst, sie könne selbst Schwierigkeiten bekommen? Mit der Polizei? Wegen der Tochter? Weil die ja noch nicht volljährig war.

Nur darum ging es ihr, nicht um das Kind.

Sollte sie doch auch in der Scheiße stecken, Milica steckte sowieso schon drin. Wenigstens hatte Milica schöne Momente, die hatte die Mutter nicht. Auch wenn die schönen Momente immer seltener wurden, sie immer öfter was brauchte, immer öfter nach etwas fieberte, öfter und öfter, sie brauchte immer mehr. Das wusste sie genau, das hatten ihr die anderen schon immer gesagt, dass es irgendwann so sein würde, dass sie nur noch denken könnte, wann kriege ich den nächsten Schuss. Aber nun merkte sie es, nun merkte sie es richtig, wie es war, es war einfach nur doof. Einfach Scheiße!

Und schon gab es wieder dieses gute Gefühl! Dafür lohnte sich alles, der ganze Stress, die Hektik, die Suche, das Herumirren.

Warum war die Polizei bei der Mutter gewesen? Warum hatten sie nach ihr gesucht?

Wer hatte sie gesehen? Und wo? Wer hatte gesungen?

Die Gedanken kreisten in ihrem Kopf, bis sie vor Mehmet stand. Bei ihm war sie geborgen, bei ihm konnte ihr nichts passieren, jedenfalls im Moment nicht. Bei ihm konnte sie alles vergessen. Wenn vielleicht nicht immer alles, so doch zumindest die Mutter.

Die andere Seite

Auch jetzt hatte Milica Ehrgeiz. Doch nicht immer reichte der Ehrgeiz aus.

Die Hauptschule brachte sie zum Abschluss, nicht besonders gut, aber immerhin.

Danach besuchte sie die Hotelfachschule. Im Hotel machte es ihr Spaß, obwohl sie sehr früh aufstehen musste, ungefähr um 4 Uhr morgens, denn sie brauchte eine Stunde mit dem Bus und musste dann nochmal eine weitere Stunde durch den Wald laufen, um um 6 Uhr in der Früh dort anzufangen. Das Hotel war ansonsten nur mit dem Auto erreichbar, und an ein Auto war ja gar nicht zu denken...

Nach acht Monaten wurde sie rausgeschmissen; es war nicht so, dass das Hotel und die Arbeit dort ihr irgendwie nicht gefallen hätten, im Gegenteil, sie hatte entdeckt, dass die Gastronomie ihr Ding war. Und außerdem war sie überhaupt nur auf diesen Bereich gekommen, weil ihr vermuteter Vater in der Branche tätig war.

Also, rausgeschmissen wurde sie, weil sie nicht zur Schule ging. Die Berufsschule, die schwänzte sie ständig, zweimal war sie vor dem Rausschmiss abgemahnt worden; die Berufsschule war nichts für sie; sie kam sich zu blöd vor, sie fühlte sich dort wie Aschenputtel;

die anderen Kinder kamen alle gut gekleidet, jedes Mal in einem anderen Outfit, manche wurden im Auto gebracht; und wenn sie im Unterricht etwas gefragt wurden, dann kamen ihre Antworten in korrektem, richtigem Deutsch! Das war nicht zum Aushalten. Das konnte sie nicht! Immer war sie pünktlich um 6 Uhr zum Arbeitsbeginn im Hotel. Doch in die Schule konnte sie einfach nicht gehen, sie brachte es nicht über sich.

Und so war dann nach acht Monaten Schluss mit der Arbeit in der Gastronomie.

Milica war aber noch schulpflichtig. Nähen machte ihr Spaß. Sie besuchte das Berufsgrundbildungsjahr in der Berufsschule im Frankfurter Westend, sie lernte nähen. Nähen war gut, die anderen Fächer aber nicht, also schwänzte sie wieder, also verließ sie die Berufsschule ohne Abschluss.

Zwei Jahre lang mühte sie sich um den Realschulabschluss, das klappte nicht, sie war einfach zu oft auf Drogen; mit Mehmet lebte sie mal hier mal dort, mal bei Freunden, mal auf der Straße, nicht die besten Voraussetzungen, um für einen Schulabschluss zu lernen, also klappte es mit dem Realschulabschluss nicht.

Wechselspiele

Der Kreislauf von Klauen, Verticken, Konsumieren wurde bald noch um eine Komponente ergänzt: Aufgegriffen werden. Und das Aufgegriffen werden zog einen anderen Kreislauf nach sich: Polizei, Festnahme, Verhandlung, Strafe. Die Strafe änderte sich. Am Anfang gab es Sozialstunden, erst wenige, dann mehr, schließlich kamen Haftstrafen. Kam sie aus dem Knast, so ging draußen sogleich der andere Kreislauf wieder weiter, der von Klauen, dealen, Konsumieren.

Einmal kam Milica für vier Wochen in den Jugendknast. Da ließ sie ein Körbchen am Fenster runter und ließ sich von ihren Freunden mit Hasch versorgen. Wieder draußen, ging es weiter wie gehabt.

Ganz unten

Mehmet war 21, als er 1993 an einer Überdosis starb.

Bis dahin waren sie zu zweit entwurzelt.

Jetzt war Milica alleine entwurzelt.

Bis dahin waren sie zwei Seelenverwandte.

Jetzt war Milica mit sich selbst seelenverwandt.

Allein ging es weiter mit dealen, Klauen, Konsumieren.

Sie wusste, von wem sie kaufte.

Sie wusste, an wen sie verkaufte.

Sie kannte sie alle.

Einen kannte sie nicht.

Eines Tages – es war drei Monate nach Mehmets Tod – verkaufte sie an einen Schwarzen. Der war von der Polizei. Sie wurde sofort festgenommen.

Diesmal gab es keine Gnade.

Vorstrafen hatte sie genug.

Sie war 20 Jahre alt.

Sie bekam zweieinhalb Jahre Haft.

Zweieinhalb Jahre ohne Bewährung.

Und dann forderte der Richter sie auf, genau hinzuhören.

Zwei Jahre ohne Bewährung – das war klar.

Doch es gab eine Möglichkeit.

Eine stationäre Therapie.

Sollte sie diese stationäre Therapie sechs Monate durchhalten, dann würde die Haftstrafe zur Bewährung ausgesetzt.

Sollte sie die sechs Monate nicht durchhalten, dann müsse sie sofort die Haftstrafe antreten.

Allein in der Zelle. Was hatte der Richter gesagt? Was hatte die Sozialarbeiterin Lisa gefragt? Allein in der Zelle, allein mit ihrem beschissenen Leben, allein mit ihrer Entscheidung.

Sag mal, hast du hier überhaupt Freunde?
Wie hast du dich gefühlt, als dich deine Mutter hierherholte?
Hattest du Sehnsucht nach Serbien?
War das Leben dort für dich schöner und bunter als hier?
Hat deine Oma dich gemocht?
Warst du enttäuscht von deiner Mutter?
Wolltest du wieder zurück in das Land, das zuvor deine Heimat war?
Ist der Himmel dort größer als hier?
Sind die Blumen dort bunter und die Wiesen grüner?
Und nun sag uns doch, warum wolltest du diese falschen Freunde?
Warum wolltest du das Geld?

Und Milica entschied sich. Sie wählte die stationäre Therapie.

Die führte sie weit weg von allem, besonders vom Frankfurter Hauptbahnhof.

Sie kam zum Böttiger Berg zwischen Felsberg und Kassel.

Der Ausstieg...

Selma und Milica, 2016

Milica und Selma trafen sich knapp drei Monate später wieder. Sie verabredeten diesmal ein Wochenende, an dem sie beide *kinderfrei* hatten. Die Väter waren zuständig. Zwar war Selmas Tochter Sandra fast so alt wie Jonas und brauchte nicht mehr viel Betreuung, doch war Selma unruhig; sie wusste, ihre Tochter kam sich mit ihren 13 Jahren sehr erwachsen vor. Wenn Selma nicht da war und Sandra am Samstagabend alleine, dann machte es ihr Spaß, alle möglichen Freundinnen einzuladen, sich als die Großzügigste von allen zu zeigen, die Freundinnen dazu auffordernd, mitzubringen, wen immer sie wollten. Ihrer Mutter beteuerte sie mit großen Augen, sie habe alles im Griff, sie kenne ihre Freundinnen gut und wisse genau, die brächten auch nur nette Leute mit und es mache einfach Spaß, viele Leute kennen zu lernen.

Selma dachte an sich, damals als 13-jährige, wie sie gewartet hatte, dass alle schliefen und dann nachts abgehauen war, als es in der Wohnung mucksmäuschenstill war. Sollte ihre Tochter so anders sein als sie vor 25 Jahren? Also wartete sie ein Wochenende ab, an dem Yalcin keine Schicht hatte. Die Wochenendschichten waren gut bezahlt, wegen des neuen Autos trug sich Yalcin oft dafür ein.

Milica musste warten, bis Matthias dran war, eigentlich war das jedes zweite Wochenende der Fall, immer klappte es nicht, sie musste ihn erinnern, er konnte schnell mal was durcheinander bringen; wenn es klappte, dann hatte Milica richtig frei, dann ging sie tanzen bis morgens um vier.

Nach über 20 Jahren Pause waren drei Monate Warten gar nicht viel.

Milica spürte, dass es ihr sogar ganz recht war. So sehr sie sich auch freute, ihre Selma wiedergefunden zu haben, so spürte sie doch auch irgendetwas anderes zwischen der Freude. Etwas Unangenehmes. War es, weil Selma die einzige weit und breit war, die so vieles von ihr wusste, bis zu dem Tag, da sich ihre Wege trennten? Was hieß das, ihre Wege trennten sich? Der Satz sagt nichts aus über das, was mit diesen Wegen gemeint ist. Er sagt nicht, was für eine Schwelle sie überschritten hatte, welche Mauer sie zwischen sich und den anderen hochgezogen hatte. Und der Satz sollte nichts aussagen, sollte mehr verbergen als offenlegen, sollte nahelegen, ihre Wege hatten sich getrennt so in der Art wie die Wege eines x-beliebigen Paares, das sich auseinandergelebt hat und die Scheidung einreicht. Selma hatte mitbekommen, was sonst keiner mitbekommen hatte, außer Mehmet natürlich, und der war lange tot. Zu was dieser ständige Geldmangel und

Geldbedarf sie gebracht hatte, wozu sie fähig geworden war, das alles und noch viel mehr hatte Selma miterlebt, wie Mehmet dabei ihre innere Stütze war, auch das hatte die Freundin mitbekommen, und mochte beide gut leiden, Milica und Mehmet. Manchmal hatte sie gedacht, vielleicht Mehmet ein wenig zu gut. Ewig lange her war das alles.

Sie trafen sich wieder bei Milica. Sie wollten zusammen kochen und später tanzen. Eingekauft hatte Milica schon vorher, Salat, Gehacktes, Blätterteig und für den Nachtisch Schokoladen-Krokant-Eis. Selma kam zur Tür rein, trank als erstes einen großen Kaffee, stimmte Milicas Plänen zu, was kochen, ja, Blätterteig gefüllt mit Hackfleisch, dazu einen Salat mit Schafskäse, das war super, eine gute Grundlage, und dann abtanzen! Perfekt.

Sie spürten beide sofort, es war anders als vor drei Monaten. An die Stelle der Euphorie des Wiederfindens war eine Vertrautheit getreten; diese Vertrautheit zwischen ihnen erinnerte an früher und wischte die letzten 20 Jahre weg. Diesmal wollten sie die Vergangenheit einfach Vergangenheit sein lassen, diesmal wollten sie feiern, lachen, tanzen, trinken.

Der Schatten, der auf Milicas Vorfreude gelegen hatte, verschwand in den ersten Sekunden. Sie wollte mit Selma einfach genießen, und so war es auch. Der Abend war wunderbar.

Am nächsten Morgen, es war Sonntag, frühstückten sie ihr Katerfrühstück zusammen, gähnten um die Wette, räkelten sich und tranken literweise Wasser zum Kaffee.

Um die Mittagszeit klingelte Selmas Handy. Es war Yalcin. Er war gerade dabei für abends zu kochen und bat Selma, unterwegs Weißbrot, am besten, wenn es aufzutreiben wäre, Ciabatta, zu besorgen. Selma sagte, sie sei sowieso gerade im Aufbruch und wisse einen Bäcker auf der Strecke, der sonntags wahrscheinlich geöffnet habe. Sie warf die nach Qualm stinkenden Klamotten vom Abend in ihre Reisetasche, ging kurz ins Bad, zog einen Lidstrich, legte etwas Lidschatten auf, packte Zahnbürste und Schminksachen ein. Dann schaute sie in ihr Portemonnaie, ob sie noch genug Bargeld zum Tanken hätte, nahm ihre rote Jacke von der Garderobe über den Arm und holte die Autoschlüssel aus der Tasche.

Lange und herzlich umarmte sie Milica. Die erwiderte die Wärme der Umarmung.

Selma löste sich aus der Umarmung, ging in Richtung Parkplatz, drehte sich noch einmal um, wollte etwas rufen, doch Milica war ganz nah hinter ihr, war ihr zum Abschied zum Auto gefolgt, also rief sie ihr nichts zu, sondern sagte leise:

»Ich bin so unendlich froh, dich so zu erleben. Weißt du, ich hätte das nie geglaubt, ich hatte solche Angst um dich, dass du es nicht schaffen würdest, damals.«

Selma öffnete die Autotür, setzte sich ans Steuer, drehte den Zündschlüssel um, gab Gas und fuhr los.

Milica sah ihr hinterher, ging ins Haus zurück und kümmerte sich um die Vorbereitung des Essens für die Kinder

Böttiger Berg

Milica war genau 20 Jahre alt, als sie in der Einrichtung landete.

Zehn Monate blieb sie dort und beendete die Therapie erfolgreich, sie hielt durch, sie schloss mit dem goldenen Schlüssel ab, es war das erste Mal in ihrem Leben, dass sie eine einmal begonnene Sache durchzog und zu Ende brachte.

Mit 21 Jahren hatte sie es geschafft.

Doch zurück zum Anfang. Am Anfang war es sehr hart; Ausgang gab es erst nach drei Monaten. Jede Woche packte sie ihren Rucksack, jede Woche wollte sie weg, einfach nur weg, abhauen, egal wohin; alles war ihr dort so fremd; die deutsche Mentalität nennt sie dieses Fremde; es war das Therapeutische, das ständige Fragen, wie geht es dir, was fühlst du, was wünschst du dir; das war ihr alles ganz fremd. Nie hatte sie bisher derartige Fragen gehört. Zum Kotzen diese alberne Fragerei. Dann konnte sie einfach nur noch ihren Rucksack packen und weg, einfach nur weg...

Sie verliebte sich in Julius, einen Zigeuner aus ihrer Therapiegruppe; mit ihm ging sie viel spazieren, mit ihm lachte sie sehr viel, mit ihm wollte sie aber nicht ins Bett; sie wollte warten; sie lachte in einem fort. Julius brach die Therapie ab; Julius haute ab, Julius hatte dann bald eine andere, er war wieder auf Drogen, ein Jahr später starb er an einer Überdosis; in Wiesbaden wurde er beerdigt.

Milica war wieder alleine. Sie trauerte nicht um Julius. Trauern hatte sie verlernt. Mit Julius war das Lachen verschwunden.

Sie saß mit der Therapeutin Moni auf der Bank vor dem Haus ihrer Wohngruppe. Moni fragte Mili, so nannte sie sie: »Wo willst du hin?« Sie fragte immer wieder. »Wo willst du hin?« Das waren so ähnliche Fragen wie damals in der Zelle, die Fragen von Lisa. Was sollte sie antworten?

Beim Volleyballspiel wurde sie Aggressionen los, sie wollte alle mit dem Ball treffen, sie wollte allen den Ball an den Kopf knallen, sie hatte es auf alle abgesehen.

Sechs Monate sollte sie durchhalten, damit die Strafe zu Bewährung ausgesetzt wurde; und die Strafe waren immerhin zweieinhalb Jahre.

Nach drei Monaten bekam sie die Aufgabe ihren Plan B zu schreiben. Darin sollte sie erläutern, was sie machen würde, wenn sie es schaffen würde, was sie für Ziele hätte, was sie sich im Leben vorstellte. Den Plan sollte sie in ihrer Gruppe vorstellen. Sie würde es schaffen, hatte Moni gesagt. Der verdammte Plan B. Schreiben, das ging gar nicht; sie konnte doch gar nicht schreiben. Wann hatte sie schon mal was geschrieben?

Scheißdiktate in der Schule, tausend Fehler, schreiben, wie sollte das gehen! Sie schrieb die Überschrift *Plan B*. Was sollte das! Sie zerknüllte das Blatt, sie ging raus, griff sich den Ball in der Ecke des Sportfelds, dribbelte mit dem Ball, sah hinten eine Gruppe, dribbelte auf die Gruppe zu, warf den Ball, hoch und höher, warf den Ball in Richtung der Gruppe. Ela fing den Ball, warf zurück. Sie fing den Ball auf, warf ihn härter und kräftiger, Ela fing ihn, warf zurück; sie schlug den Ball auf den Boden, dreimal, viermal, Ela hielt die Hände zum Fangen bereit, sie warf ihr den Ball nicht zu, sie schlug ihn weiter auf den Boden, immer wieder, so lange, bis Ela sich abwandte; da schoss der Ball blitzartig auf Ela zu und traf sie hart an der Schulter. Ela schrie auf, Ela raste auf sie zu, Milica war schneller, blitzschnell war sie im Haus, war in ihrem Zimmer. Der Scheiß Plan! Morgen ist auch noch ein Tag.

Moni fragte am nächsten Tag nach und auch am übernächsten. Moni ließ nicht locker. Der Plan B war wichtig; er war die Voraussetzung für den nächsten Schritt. Was sollte sie schreiben? Nochmal ganz von vorn: Plan B. Was ich machen will: viel Sport, ganz viel Sport, Fußball, Volleyball, Handball; und reisen wollte sie; natürlich nach Serbien, natürlich zu Oma Vera. Scheiße, mehr wusste sie nicht. Das Blatt ließ sie auf dem Tisch liegen. Moni fragte wieder nach; nein, sagte sie zu Moni, sie war noch nicht fertig, sie brauchte noch ein paar Tage. Moni fragte erneut, zeig mir, was du hast, du hast sicher schon was geschrieben, du kannst es. Sie wollte das unfertige Blatt Moni nicht zeigen, sie setzte sich nochmal hin, und sie schrieb: »Ich will lernen.«

Moni fragte, was sie denn lernen wolle, da konnte sie nichts sagen, einfach lernen, Schule oder so. Moni sagte, dann schreib das hin »zur Schule gehen«. In der Gruppe war es dann leichter; dort sie konnte ihre fünf Zeilen vorlesen, dann fragten die anderen sofort: Wo willst du zur Schule? Willst du auch eine Ausbildung machen? Was willst du werden? Da brauchte sie gar nicht so viel zu antworten, die anderen sprachen drüber, das reichte schon. Die Gruppensitzung war zu Ende, sie hatte es geschafft. Fürs erste zumindest.

Wenige Tage später hatte sie ihren ersten Ausgang. Nach drei Monaten durfte sie zum ersten Mal für drei Stunden die Einrichtung verlassen; drei Stunden nach Felsberg; drei Stunden zu Fuß unterwegs, vorbei an kleinen Fachwerkhäusern, dem Drogeriemarkt, der Kirche aus dicken Natursteinen, dem modernen Rathaus, vorbei an Schaufenstern mit Klamotten wie für dicke Fünfzigjährige. Es war merkwürdig, durch das kleine Dorf zu laufen, das war eine andere Welt, hier war ihr alles unbekannt. Sollte das etwa ihre Welt werden? Wo war ihre Welt? Gab es ihre Welt? Nach drei

Stunden war sie froh, wieder zurück zu kommen; zurück ins Zimmer zu Ela und Tanja.

Kurz darauf kam dann ihr erster richtig großer Ausgang, Das war schon was Anderes. Nikola wurde 18, sie durfte zur Geburtstagsfete. Und sie fuhr hin. Der Sekt stand an der Bartheke aufgereiht, lauter Piccoloflaschen. Erst rührte sie nichts an, überhaupt gar nichts, denn Alkohol war für sie genauso verboten wie alle anderen Drogen. Irgendwann nahm sie sich einen Piccolo, nur einen einzigen; nach dem zweiten kam der dritte und der Dominoeffekt. Sie trank, bis ihr schlecht wurde und sie sich im Bad übergeben musste. Später in der Einrichtung sagte sie kein Wort davon.

Sport war das Beste. Mit Matthias ging sie joggen; er war auch in ihrer Therapiegruppe, viele junge Frauen standen auf Matthias, sie nicht; er sah gut aus, er hatte langes welliges Haar, doch er war nicht ihr Typ, aber joggen ging sie gerne mit ihm. Sie powerte sich aus, Matthias hatte Kondition, trotz allem, was er genommen hatte. Sie wollte mithalten und sagte sich, was er schaffte, das schaffte sie auch.

Bald leitete sie den Frühsport für alle an, das machte ihr Vergnügen, es war der Beginn ihrer Begeisterung für Körperarbeit. Jetzt hätte sie den Plan B schreiben können. Jetzt hatte sie eine Vorstellung von dem, was ihr Spaß machte, wofür es lohnte, sich anzustrengen.

Die ersten drei Monate waren schier endlos; die nächsten sieben Monate verflogen. Nach zehn Monaten wurde sie entlassen. Ihre Haftstrafe war schon lange zur Bewährung ausgesetzt worden. Moni sagte ihr, sie könne sich nun eine Nachsorge aussuchen. Sie entschied sich für eine Wohngruppe in Göttingen.

Wohngruppe

Nun, so einfach, wie sie sich das vorgestellt hatte, war es nicht. Sie hatte sich für diese Wohngruppe entschieden. Aber würden sich die anderen für sie entscheiden?

Sie musste so eine Art Aufnahmeprüfung machen. Sie musste in die Gruppe, musste mit den Mitbewohnern ins Gespräch kommen; danach konnten die entscheiden, ob sie einziehen durfte. Sie beantwortete alle Fragen; sie zeigte Interesse an allen und allem; sie erzählte, wie gut sie in Kochen und Hausarbeit war. Sie zeigte keinerlei Emotionen; sie empfand sich selbst als *richtigen Kühlschrank*. Sie konnte nicht anders. Ob die anderen so einen *Kühlschrank* nehmen würden? Die Entscheidung kam schnell: Sie durfte einziehen!

Zum ersten Mal in ihrem Leben hatte Milica einen prall gefüllten, haarklein durchstrukturierten Tag: Jeden Vormittag ging sie putzen; nachmittags klapperte sie alle Kneipen ab und fragte nach einem Kneipenjob, im Gastraum als Bedienung oder in der Küche an der Spüle. Nach gut hundert Anfragen bekam sie die Zusage im Titanic; als Bedienung. Vom ersten Tag an bediente sie gerne. Sie lernte schnell, sich die verschiedenen Bestellungen und Wünsche der Kunden zu merken; sie lernte schnell, mit Gläsern, Tellern und Capuccinotassen geschickt zu jonglieren; sie wusste bald den Preis eines jeden Getränks ohne nachsehen zu müssen. Das machte Spaß, doch wollte sie mehr. Sie erinnerte sich an ihre schulischen Anläufe und an ihre Fehlschläge; das sollte ihr jetzt nicht mehr passieren. Sie meldete sich bei der Abendrealschule an. Viermal pro Woche ging sie dort hin, zwei Jahre lang, dann hatte sie die Mittlere Reife in der Tasche. Sie hatte es geschafft!

Einmal in der Woche war es Pflicht zu den *narcotic anonymus* zu gehen, in der Gruppe mit den anderen zu sitzen, über den Weg, der von den Drogen wegführte, zu sprechen. Das langweilte sie. Sie wollte ihren Weg gehen, sie wollte nicht endlos darüber sprechen, schon gar nicht in dieser Gruppe. Kein Problem, sagte sie, ich bin weg von allem. Ich brauch das alles nicht mehr.

Die Sozialarbeiterin kam regelmäßig zu Hause vorbei; doch die Hauptsache war die gegenseitige Kontrolle in der Wohngruppe. Alles lief wie am Schnürchen.

Milica machte ihren Führerschein, ihr erstes Auto war ein alter Opel Kadett.

Am seidenen Faden

Manchmal ist es mehr als so ein dummer Spruch. Manchmal hängt die Zukunft wirklich am seidenen Faden.

Der Bruchteil einer Sekunde entscheidet über alles, was danach kommt.

Kopf oder Zahl – schwarz oder weiß – Leben oder Tod.

Nein, so ist das Leben eigentlich nicht, meistens jedenfalls nicht, aber manchmal, ganz selten ist es eben doch so.

Sie kannte die Strecke. Am vergangenen Sonntag war sie sie schon gefahren, doch da nur bis kurz hinter Kassel. Und vor drei Wochen war sie bis zur Abfahrt Homberg/Efze gekommen. Diesmal fuhr sie weiter, passierte Friedberg, näherte sich zügig Frankfurt. Am Homburger Kreuz zögerte sie ein wenig, nahm den Fuß vom Gaspedal, doch sie zögerte nur kurz, nein, sie wollte dorthin, diesmal wollte sie wirklich dorthin; diesmal war es klar, sie musste die alten Freunde sehen, einfach nur wiedersehen, einfach nur nochmal sehen, wie es ihnen ging. Diesmal sollte es keine anderen Stimmen geben. Warum auch andere Stimmen? Was für einen Sinn hatten die denn? Sie wollte doch wirklich nur mal gucken, einmal wiedersehen, wie es dort war, wen sie dort noch kannte, wo sie alle geblieben waren.

Sie fuhr konzentriert, sie fühlte sich gut. Sie hing ihren Gedanken nach und blieb doch konzentriert. Jedenfalls am Anfang war das so, blendend fühlte sie sich da. Sie hatte sich im Griff, das wäre doch gelacht, wenn sie sich nicht im Griff hätte.

Nach dem Rasthof Wetterau wurde der Verkehr dichter; sie wechselte auf die rechte Spur; warum? Eigentlich fuhr sie immer schnell, warum dies Verlangsamen?

Was war los mit ihr?

In der Wohngruppe hatte niemand etwas gemerkt. Sie hatte so getan, als wolle sie nur noch mal kurz zu einer Freundin, die sie in der Schule kennen gelernt hatte.

Sie konnte das ganz gut, einfach was erzählen, ohne rot zu werden, obwohl es schon gut war, dass Barbara gerade nicht da gewesen war, bei Barbara hätte sie das nicht so gut gekonnt, da hätte es ihr doch ziemlich leidgetan, einfach so irgendwas zu erzählen, aber Barbara war über das Wochenende bis Montag früh zu ihren Eltern gefahren, das hatte sie gewusst, deshalb war ja auch dieser Sonntag so günstig.

Sie kam zum Nordwestkreuz, der Verkehr wurde noch dichter, wieder zögerte sie kurz, aber diesmal nur,

weil sie nicht genau wusste, ob sie lieber schon hier ab-
fahren sollte oder doch erst bei Frankfurt West. Doch
eigentlich war die Abfahrt West besser, sie entschied
sich für West, nahm sie und hielt sich zügig im Strom
in Richtung Hauptbahnhof.

Warum krampften die Hände, die doch zuvor so locker das Lenkrad gehalten hatten?

Warum wurde ihr schlecht, kotzschlecht und eklig?
An der Ampel beim Messeturm musste sie bei rot halten. Die Magenkrämpfe waren jetzt kaum noch auszu-
halten, sie krümmte sich vorm Lenkrad. Hinter ihr
hupte jemand, sie krümmte sich zusammen, das Hupen wurde durchdringender; die nächste Rotphase begann, als sie merkte, dass das Hupen ihr galt. Sie bog
ab, fuhr in eine kleine Seitenstraße, sprang aus dem
Auto, übergab sich zwischen Fahrbahn und Gehweg.
Danach ging es besser; was sollte das überhaupt? Wen
wollte sie sehen? Wozu das Ganze?

Sie ging langsam zum Auto zurück, sie stieg ein,
zündete, gab Gas, startete durch, fuhr den Schildern
nach, erst zögernd, langsam, dann schneller und
schneller. Zwei Stunden später war sie in der Wohngruppe. Gemerkt hatte niemand etwas.

Manchmal drehte sie nicht um, sondern fuhr nach
Frankfurt hinein, bis ins Herz der Stadt; dann machte
sie am Hauptbahnhof mit dem Auto ihre Runden; sie
dachte, und jetzt könnte ich schweben, schweben wie

früher; sie fuhr hin und her, sie sah Bekannte, sie stieg nicht aus, sie fuhr wieder zurück nach Göttingen. Das machte sie so sieben oder acht Mal, sie ist nie ausgestiegen, sie dachte immer ans Schweben, sie sah immer bekannte Gesichter, sie fuhr immer wieder zurück nach Göttingen.

Von diesen Fahrten sagte sie in Göttingen kein Wort! Zu niemandem. Kein Sterbenswörtchen.

Nachholen

Es war eine geschäftige Zeit, eine Zeit, in der Milica viel an sozusagen *normalem* Leben nachzuholen versuchte, Schule, jobben, tanzen gehen, sich ein Leben aufbauen.

Die Zeit der tiefen Emotionen war vorbei. Die Zeit der Höhenflüge und Abstürze, des Verschmelzens und Sehnens, des Liebens und Hassens gab es nicht mehr. Mit Mehmets Tod war in Milica etwas gestorben.

Wie sah die Liebe nun aus?

Matthias, den sie im Böttiger Berg kennen gelernt hatte, mit dem sie joggen gegangen war, den so viele toll fanden, war irgendwo bei Fulda in der Nachsorge. Wollte sie was von ihm? Außer joggen? Sie schrieb eine Postkarte an Matthias: Besuch mich doch mal.

Er kam zu Besuch nach Göttingen; sie fuhren zusammen Riesenrad.

Er schrieb ihr Liebesbriefe.

Dann gab es noch Cher, einen Senegalesen; den kannte sie aus der Szene, der war Dealer, den mochte sie sehr, mit ihm war sie schon kurz in Frankfurt zusammen gewesen, nach Mehmets Tod, er hatte sie getröstet, als sie nach Mehmets Tod ganz unten und ganz alleine war. Er tauchte wieder auf, sie trafen sich; in der Nachsorge durfte niemand davon erfahren.

Sie hatte die Wahl zwischen Matthias und Cher.

Sie traf Matthias immer wieder, er besuchte sie gerne.

Sie entschied sich für Matthias.

In ihrem neuen Leben mit Jobs und Schule fühlte sie sich stark. Sie fühlte sich so stark, dass sie in Absprache mit ihrer Betreuerin nach 13 Monaten die Wohngruppe verließ und in eine eigene Wohnung zog. Die Wohngruppe war nicht mehr passend, sie hatte keine Zeit mehr für die WG, sie war zu beschäftigt mit dem Aufbau ihrer eigenen Welt und mit ihrer Zukunft. Sie fühlte sich stark, und manchmal fühlte sie sich kalt wie ein Kühlschrank.

Landschaftsbild und Serbien

Tagsüber war Serbien ganz weit weg
Eigentlich wusste sie nicht, wo das Haus war, welches
Zuhause
Wer jetzt kein Haus hat, baut sich keines mehr
Das hatten sie in der Schule gelesen, es hatte ihr gefallen
Sie baute sich auch keins
Sie wollte keins bauen
Sie wollte klarkommen, das reichte ihr schon aus
Damit hatte sie schon genug zu tun
Genug um durch den Tag zu kommen
Und manchmal auch durch die Nacht
Sie wusste was zu tun war
Putzen in der Arztpraxis
Gläser spülen und Bedienen im Titanic
Matheaufgaben zumindest versuchen und englische
Vokabeln wiederholen

In der Abendrealschule einen wachen Eindruck machen, notfalls mit Streichhölzern in den Augen.

Die Mutter war weit weg, weit genug, um in Ruhe gelassen zu werden, das war gut so. Nikola und Nesa waren ebenso weit, das war Mist, das war zu weit. Manchmal ging sie abends zur Telefonzelle, dann sprach sie mit Nikola, oder sie sprach mit Nesa.

Oder sie legte gleich wieder auf, weil die Stimme der Mutter am Apparat antwortete.

Zwanzig Pfennig waren weg, gehört hatte sie nur die schrille Stimme der Mutter.

Wieder nichts mit Nikola oder Nesa. Morgen würde sie wieder zur Zelle gehen, würde es wieder versuchen. Bis morgen müsste sie warten, immer warten, warten auf Godot. Das hatten sie auch in der Schule lesen müssen, das fand sie doof. Warten war wirklich nicht ihr Ding. Warten, das war wie damals, wenn die Mutter unterwegs war, und sie war allein mit Nikola und später mit Nesa. Zuerst war es ganz lustig, erst aßen sie Chips und Salzstangen, lümmelten auf der Couch vorm Fernseher herum, süffelten Cola und manchmal auch Rum aus der Speisekammer, dann zankten Nikola und Nesa sich um die Fernbedienung, zeterten und kniffen sich, irgendwann schrie Nikola und Nesa wimmerte, und immer noch waren sie allein und warteten, und dann half nur noch eins, Musik auflegen und tanzen, tanzen wie bei Oma, bei Oma am Meer, bei Oma im kleinen Haus am Berg, im Schatten, roter Sand und runde Steine, flirrende Hitze in der Luft und hinter der großen Kurve das Meer, Pfannkuchen und süße Limonade, Tante Dada, Onkel Vischadi, Pawlu und Zora, Lachen im Chor und im Kanon, immer draußen, immer alle zusammen, drinnen nur zum

Schlafen, und auch zum Schlafen alle zusammen, in einem Raum, neben der Küche, schlafen bis zum Erwachen, wenn die ersten Sonnenstrahlen auf der Haut kitzeln, die Strahlen tauchen alles in rotgoldenes Licht, Weg und Berge, Sträucher und Bäume, blau ist nur das Meer, ehe die anderen aufstehen, schwimmen im Meer, mit Nikola und Nesa, mit Pawlu und Zora, zum Frühstück zurück beim Haus, Kaffee mit Milch, große dicke Scheiben frisches Brot, Schmalz mit Apfelstücken, mittags saure Milch und Gemüsesuppe, abends tanzen und singen und Mundharmonika...

Mist! Da war er wieder, der Traum von Serbien, von ihrem Zuhause

Sie will den Traum nicht, er macht es ihr nur noch schwerer hier, und außerdem ist es ein Quatsch, Omas Haus liegt gar nicht am Meer, und mit Nesa war sie nie allein bei Oma, da war immer die Mutter mit. Alles Blödsinn. Aus der Traum.

Sie will doch klarkommen hier.

Familienidylle

Dann ging alles ganz schnell. Matthias kam nach Göttingen; sie zogen in eine Zweizimmerwohnung am Stadtrand; eine Sozialarbeiterin kam ab und zu vorbei; die wöchentliche Therapiestunde stabilisierte. Nach dem Realschulabschluss fand sie Arbeit im Büro.

1997 kam ihr Sohn Jonas zur Welt.

Matthias machte eine Ausbildung zum Bürokaufmann.

Sie erinnerte sich an die Fragen und Antworten – aber mehr an die Fragen als an die Antworten – im Böttiger Berg. Was möchtest du werden? Was macht dir Spaß? Was kannst du gut? Ihr fiel ein, wie gerne sie die Sportgruppen dort angeleitet hatte. Körperarbeit, das war es. Sie ging zum Arbeitsamt und fragte nach. Mit 27 Jahren begann sie im Jahr 2000 eine Ausbildung zur Physiotherapeutin. Das Arbeitsamt vermittelte und finanzierte ihre Ausbildung. Mit 30 Jahren schloss sie die Ausbildung erfolgreich ab.

Matthias wurde immer wieder rückfällig.

Das Familienleben war nicht so, wie sie es sich vorgestellt hatte.

Manchmal kam Matthias nicht nach Hause, und wenn er am nächsten Morgen kam, dann hatte er rund sechshundert Euro durchgebracht, das ging ganz schnell, das ging in einer Nacht.

Sie konnte sich nicht auf ihn verlassen.

Verantwortlich für Jonas war sie ganz allein.

Vieles hatte sie geschafft, viele Hürden hatte sie genommen, vom serbischen Dorf hatte sie sich ebenso weit entfernt wie vom Frankfurter Hauptbahnhof. Was an ihr kleben geblieben war durch alle Etappen hindurch, das war das Alleinsein.

Oma

Von dem Zeitpunkt an, als sie zur Mutter ins Frauenhaus gekommen war, war sie kein Kind mehr, und das hieß unter anderem, die Mutter hatte sie nie mehr im Sommer zu Oma mitgenommen.

Als sie in Niederrad im Kinderheim war, da war Oma ganz weit weg.

Als sie in Frankfurt auf der Straße lebte, da war Oma Lichtjahre entfernt.

Als sie zum Entzug in der Klinik war, da kam Oma wieder; sie tauchte in den frühen Morgenstunden auf und ließ Milica nicht mehr schlafen, sie saß in der Therapiestunde hinter ihr und in den Gruppengesprächen ganz nah bei ihr.

Sie lauschte und konnte Omas Stimme hören:

Du warst immer stark, du schafft es, ich wusste das immer, du bist anders als deine Mutter, du bist wie ich, du und ich, wir sind aus dem gleichen Holz geschnitzt; deine Mutter, meine Tochter, sie passt nicht zu uns, sie ist anders als wir;

Ich weiß, du wirfst dein Leben nicht weg, nicht für einen Mann, nicht für Geld, du machst was aus deinem Leben, das weiß ich.

Wenn Milica das hörte, früh am Morgen, in der Therapie, in der Gruppe, dann kam gleich so ein merkwürdiges Gefühl in ihr hoch, so was Komisches, das hochkroch und sich nicht abschütteln ließ, sie wusste nicht, was es war und wollte es los sein; es verdarb ihr die Gedanken an Oma, es war so was Hartnäckiges und Klebriges in ihr drin und an ihr dran. Sie wusste nicht, was das war. Später merkte sie, sie schämte sich.

Sie schämte sich für ihr Leben, für das, was sie daraus gemacht hatte, und was so gar nicht dem entsprach, was Oma von ihr hielt.

Und wieder hörte sie Oma: »Du kannst es schaffen, du bist stark, du bist selbst für dein Leben da, von dir hängt es ab, was du daraus machst, jeden Tag wieder.«

Und wieder stieg es in ihr hoch, das ekelhafte Gefühl, von den Füssen, krabbelte die Beine hoch, blieb in der Magengegend sitzen, setzte sich fest.

Sie dachte an die Handtaschen, eine war auffallend rot; sie war schnell; sie zeigte Mehmet, was in ihr steckte; sie konnte gut beobachten, sie sah keine Frau, sie sah nur die Handtasche; sie sah, wie die Frau die Handtasche trug, wie der Griff gehalten wurde, wie locker oder fest die Tasche über der Schulter hing; es ging immer ganz schnell, sie zog keinen Verdacht auf sich, vorher sowieso nicht, und hinterher war sie sofort weg. Taxiert wurde das Ergebnis später, Geld, Schmuck, was im Einzelnen und wie viel von allem.

Und jetzt kommt die Scham.

Oma weiß nichts von ihr.

Wenn Oma wüsste.

Die Handtaschen...

Und jetzt wieder die Scham.

Heute kriecht die Scham höher.

Heute zieht die Scham die Spucke weg.

Aus dem Mund...

Der Mund wird trocken.

Das Schlucken schmerzt.

Die Scham bleibt im Halse stecken.

Die Scham war das erste Gefühl nach der gefühllosen Zeit, allmählich kamen andere Gefühle, die Scham öffnete ihnen die Türe.

Und als sie merkte, dass sie wirklich dabei war, es zu schaffen, da kam der Stolz und verwies die Scham in die zweite Reihe.

Unruhe

Sie steckt das Handy in die rechte Hosentasche, fühlt in der linken Tasche nach dem Schlüssel, trinkt in der Küche über den Wasserhahn gebeugt einen Schluck und läuft los. Erst die Sperlingsgasse nach links, an der nächsten Ecke biegt sie rechts ab, läuft weiter geradeaus, über drei kleinere Querstraßen hinweg, sie streicht sich die widerspenstige Haarlocke, ein etwas verunglückter Pony, aus dem Gesicht, klemmt die Haare hinters Ohr, läuft weiter. An der großen Kreuzung bleibt sie stehen, die Ampel steht auf Rot, sie macht an der Ampel stehend kleine Schritte auf der Stelle, ganz so, wie es Matthias ihr gezeigt hat. Die Ampel bleibt rot, wie lange schon, sie wippt mit den Füßen, sie hat keine Lust mehr auf die Trippelschritte, sie beginnt sich zu ärgern, immer das Gleiche mit dieser Ampel, denkt sie; doch mehr noch ärgert sie sich über ihren Ärger. Nennt man das jetzt entspanntes Laufen? Wenn schon die erste dumme Ampel ihr die Laune verdirbt. Nicht gerade sehr ausgeglichen, nicht gerade entspanntes Lauftraining, nicht gerade die richtige Einstellung im Freizeitsport.

Die Ampel springt auf grün, sie läuft los, der Puls kommt ihr unruhig vor, der Atem wirkt schwer, die Beine sind locker. Die Füße laufen von allein; die Füße laufen, als hätten sie nichts mit allem anderen zu tun. Auf die Füße kann sie sich verlassen. Auf ihre Füße, könnte sie auch sagen. Sagt sie aber nicht.

Die Füße sind ihre Freunde, aber gehören sie zu ihr? Auf die Füße ist Verlass, immer.

Wann wird sie nach Serbien fahren? Wie wird sie dorthin fahren? Mit dem Auto? Mit einem Fernbus? Nur mit Hannah? Kann sie Jonas mit seinen Kumpels fahren lassen und selbst weit weg in Serbien sein? Parfum, Duschgel, Bodylotion, Wimperntusche, Lidschatten, Lipgloss. Handcreme mit Rosenöl, Tagescreme für reife Haut. Alles türmt sich neben ihrem Bett in der kleinen Abstellecke. Was fehlt? Was wollte Sabrina? Was hatte Nadja für ihre Tochter gewünscht? Sie hat es nicht gleich während des Telefongesprächs aufgeschrieben, sie wollte es gleich danach notieren, wenn sie einen Kuli fände, dann war es aus ihrem Kopf und jetzt ist es weg. Also muss sie das noch klären, muss notfalls nochmal anrufen, wie viel soll sie noch einpacken? Wie viel kann sie noch einpacken? Wie viel Platz hat sie noch? Keine leicht zu beantwortende Frage, solange sie nicht weiß, ob sie mit dem Auto oder mit dem Bus fährt; solange sie nicht weiß, wer noch mitfährt, solange sie nicht weiß, ob sie ihr Auto nehmen kann, aber das hat ja keinen TÜV mehr, also lieber nicht, doch dann müsste sie noch Wolfgang fragen, müsste tauschen, also sie müsste fragen, ob er denn bereit wäre, das Auto zu tauschen

Und das Geld? Die Geschenke waren so teuer wie noch nie, doch sie hat nicht mehr Geld als früher. Es ist jedes Mal so wie in irgendeinem billigen Film: Tanten, Cousinen, Nichten und Neffen, Onkels und Cousins, alle erwarten massenhaft Geschenke; du kannst gar nicht anders, du musst das Auto voll haben, voll bis oben hin, also eigentlich kann sie dann ja gar nicht mit dem Bus fahren, so viele Hände hat sie gar nicht, um alle Taschen zu tragen. Egal, alle meinen, sie lebt im Schlaraffenland, alle wollen es glauben, als lebten wir noch in den 70er Jahren des 20. Jahrhunderts. Als wären nicht schon unzählige Alte und Junge, Männer und Frauen, Wagemutige und Ängstliche nach einigen Jahren mit leeren Händen ganz still, und doch für jeden Daheimgeblieben erkennbar, zurückgekehrt. Als hätte es diese Heimkehrer nie gegeben, das Bild vom Schlaraffenland Deutschland hält sich standhaft, das Bild von dem Land, in dem es einfach alles gibt, und einfach alles in einem solchen Überfluss, dass es nur gut und richtig und vollkommen gerecht ist, davon auch ein wenig nach Serbien zu bringen.

Dagegen kann Milica nichts ausrichten, sie versucht es auch gar nicht, dagegen ist sie völlig machtlos.

Warum ist sie so unruhig? Warum bleiben all diese Planungsgedanken? Warum fällt das alles nicht von ihr ab? Beim Laufen kann man sich bestens entspannen. *Man* vielleicht, sie jedenfalls nicht.

Warum muss sie immer so viel tun? Multitasking in Reinkultur, Laufen und laufen und laufen, planen, planen und planen, Geschenke kaufen und verpacken, die Pakete im Auto verstauen, überall Namenszettelchen drauf, bis zum Tag vor der Abfahrt noch arbeiten, noch gut drauf sein, noch engagiert wirken, egal wie es innen drin aussieht, das geht keinen was an.

Sie wird mit Geschenken dort ankommen, natürlich weil es erwartet wird, aber nicht nur; auch, weil sie es so will, weil sie es sich nicht anders vorstellen kann, weil es einfach zu ihr dazugehört, zu ihr und ihrem Land. Manchmal sehnt sie sich nach einem Urlaub so wie andere ihn machen. Vor zwei Jahren war die Sehnsucht so groß, da ist sie mit beiden Kindern nach Italien gefahren, an die Adria, da hatten sie ein Häuschen auf einem Campingplatz südlich von Venedig gemietet, da hatte sie auch genug Zeug mit im Auto, das Auto war auch bis oben hin vollgestopft, in jeder Ecke wurde noch was verstaut, Schlafsäcke und Handtücher, hinten im Raum unter den Füßen Gummitiere zum Aufblasen fürs Wasser, das Dreirädchen und den Buggy stopfte sie in den Kofferraum; für Jonas Fahrrad war kein Platz mehr, er war sauer, aber nachher war es sowieso viel zu heiß zum Fahrradfahren, da vermisste er das Rad nicht. Da dachte er gar nicht mehr dran. Also vollgestopft war das Auto damals auch, aber eben nicht mit Geschenken, nur mit allem, was zehn Millionen Urlauber so mit sich rumschleppen. Da fühlte sie sich wie eine dieser zehn Millionen, das war ein gutes Gefühl, es war so etwas in ihr wie deutsche Urlaubermentalität, da war sie mehr die Deutsche als die Serbin.

Zweimal hat sie das gemacht, zweimal war sie in Italien, im deutschen Urlauberstrom.

Dann musste sie wieder nach Serbien, es ging gar nicht anders, es war einfach so. Und wieder türmten sich wochenlang die Hautcremes, Shampoos, Haarkuren und Eau de Toilettes in ihrem Schlafzimmer, und sie wusste, was ihr zwei Jahre lang gefehlt hatte. Beinahe hätte sie die Abzweigung am Stadtpark verpasst, gerade noch in letzter Sekunde fiel es ihr wieder ein, sie hatte ja keinen Babysitter zu Hause, sie musste sich mit der kurzen Runde zufriedengeben, sie bog ab und dachte nicht mehr an die Duschgels oder Flüssigseifen. Sie dachte daran, warum sie überhaupt losgelaufen war, wo sie doch so wenig Zeit hatte, warum sie sich den Tag und auch die Nacht so randvoll stopfen musste, bis an die Grenze des Machbaren und oft genug darüber hinaus; sie musste das tun, warum wusste sie nicht genau, oder sie wollte es nicht wissen... aber geschafft hatte sie viel! Jetzt wollte sie nur noch eines. Sie wollte Oma stolz zeigen, was sie geschafft hatte und sie freute sich auf den Stolz in Omas glänzenden Augen. Stolz auf die Enkeltochter. Und sie freute sich, dass der Stolz größer war als die Scham, wenn er auch die Scham nie völlig zudecken konnte. Und sie wollte Oma auch sagen, dass alle guten Sachen in ihrem Leben zwischen Serbien und Deutschland nur dank Oma so gut waren, wie sie waren und nur dank Oma überhaupt gut werden konnten.

Selma und Milica, 2016

Milica hatte schlecht geschlafen. Beim Aufwachen war ihr Selma eingefallen. Hatte sie von ihr geträumt? Vor sich sah sie nicht die Selma, mit der sie tanzen war, nicht die, mit der sie gekocht und gegessen hatte. Es war die Selma, die gefragt hatte: Warum bist du nicht mit ausgestiegen? Mit mir, bevor es zu spät war, oder beinahe zu spät?

Das war schon beim ersten Wiedersehen gewesen.

Milica wusste die Antwort. Sie hatte nicht gleich antworten können. Dafür war es zu früh. Beim ersten Treffen. Und dann beim zweiten Mal, da hatte sie nicht die Gelegenheit für ihre Antwort gefunden. Sie wusste, Selma wollte eine Antwort, sie spürte das, und dann hatten sie gekocht, und sie fühlte sich so wohl mit Selma, sie wollte noch ein wenig warten, dann hatten sie gegessen und getrunken, ihr fiel es kurz wieder ein, sie machte einen Anlauf, sagte irgendetwas, das so klang wie »du, Selma, ich...«; das war es auch schon; mehr brachte sie nicht heraus.

Selma hatte lustig erzählt, von Yalcin und von seinem Bruder, der ihr laufend Komplimente machte; das gefiel ihr ganz gut, doch Yalcin gefiel es ganz und gar nicht, sie hatten gelacht über die blinde Eifersucht der Männer. Vor lauter Lachen hatte Milica dann wieder nichts gesagt. Die gute Stimmung wollte sie nicht verderben. Und dann waren sie rausgegangen und erst nachts zurückgekommen, und am nächsten Morgen ging alles so schnell.

Selma war weg, aber sie wollte die Antwort jetzt gleich loswerden und nicht erst in ein paar Wochen bei ihrer nächsten Begegnung.

Sie sah auf die Uhr, es war halb sechs, sie hatte ein paar Minuten, bevor sie mit dem Frühstückmachen für Jonas und Hannah anfangen musste, besonders Hannah musste sie mindestens dreimal wecken; das konnte dauern. Doch einige Minuten hatte sie noch für sich.

Sie fuhr den Laptop hoch und schrieb an Selma.

»Ich konnte nicht aussteigen, als du gegangen bist, ich hing doch so an Mehmet. Ich konnte ihn unmöglich alleine lassen. Ich hing so an ihm, und ich hing auch so doll an dir. An ihm klebte ich fest. Ich hatte keine Kraft. Ich hatte so gehofft, dass du dableiben würdest. Und dann, als du weg warst, da dachte ich, ich hätte dich für immer verloren.«

Selma war Frühaufsteherin. Die Antwort kam fünf Minuten später:

»Danke, dass du das geschrieben hast. Es tat mir so weh damals. Ich selbst kam aus der Sache raus und dich habe ich geopfert. So kam es mir vor. Dich und Mehmet. Aber noch mehr dich. Viel früher, als du in unsere Clique gekommen warst, war ich in Mehmet verliebt. Noch vor dir. Er wusste das. Dann kamst du. Er hat sich für dich entschieden. Er liebte dich. Komischerweise machte mir das gar nicht so viel aus. Ich mochte euch als Paar. Ihr gehörtet zusammen. Dann merkte ich, wie wir alle immer tiefer reingezogen wurden oder uns selbst reinzogen. Ich spürte, ich musste da raus, so schnell wie möglich, ehe es zu spät sein könnte. Und weil ich euch zusammen wusste, fiel es mir leichter zu gehen. Doch andererseits hing ich so sehr an dir. Ich wollte dich nicht verlieren. Wie eine kleine Schwester warst du für mich. Manchmal denke ich, ich war ein bisschen verliebt in dich. Mit dir hatte ich keine Angst vor dem Leben. Deshalb wollte ich unbedingt, dass du mit mir aussteigst. Als ich merkte, dass du bleiben würdest und ich nichts dran ändern könnte, da tröstete mich der Gedanke, dass du wenigstens nicht alleine wärest. Und später hörte ich, ich weiß nicht, von wem, dass Mehmet tot war. Da hatte ich riesengroße Angst um dich. Ich traute mich nicht, nach dir zu fragen, so groß war meine Angst. Ich baute mein Leben auf, die Angst blieb. Vor lauter Angst habe ich nicht nach dir gesucht. Und zur Angst kamen meine Selbstvorwürfe; immer wieder fielst du mir ein und jedes Mal dachte ich, ich hätte dich rausholen sollen. Immer wieder dachte ich das.«

Milica las blitzschnell und fuhr dann den Computer runter. Sie musste den Tag beginnen, die Kinder wecken, den Herd anstellen, die Milch aus dem Kühlschrank holen, in den kleinen Topf gießen, langsam erhitzen, für Kakao und Kaffee; Äpfel schneiden, Brote schmieren, den Kakao anrühren. Jonas trödelte gerne und war schon oft zu spät zur Schule gekommen. Beim letzten Elterngespräch hatte sie mit der Lehrerin über diese passive Verweigerung gesprochen. Sie musste ihn mehr kontrollieren, und sie sollte ihn fordern. Während sie ihm zurief, im Bad schneller zu machen, half sie Hannah beim Anziehen, packte ihre eigene Arbeitskleidung in den Beutel, zog schnell einen Lidstrich, klopfte an der Badezimmertür und rief, dass sie auch noch kurz ins Bad müsse, er solle sich bitte beeilen, wickelte die Schulbrote für Jonas in Butterbrotpapier, wusch zwei Äpfel, einen für ihn und einen für sich, ein Apfel, das sollte ihr heute Vormittag reichen, sonst nützte auch der Sport nicht, sie durfte nicht zu viel essen, jedes Stück Schokolade und jedes Käsebrot setzte sich locker auf die Hüften; die Zeiten waren vorbei, da sie essen konnte, was sie wollte.

Sie schaute noch einmal auf die Uhr, steckte Jonas die Brote und den Apfel in die Schultasche, küsste ihn flüchtig auf die Stirn, schob ihn nachdrücklich zur Wohnungstür und eilte ins Bad. Das Chaos, das er beim ausführlichen, unabdingbaren Ritual des Haarstylings im Bad verursacht hatte, übersah sie heute, sie putzte ihre Zähne und rief Hannah ins Bad zum Zähneputzen. Hannah war flink; war sie einmal aufgestanden, so war sie zum Glück schneller und eifriger als Jonas; noch mal so ein Jonas, also eine Kopie von Jonas, das hätte sie nicht verkraftet, so sehr sie ihren Sohn auch liebte.

Erst am Nachmittag, als Jonas beim Sport war und Hannah noch im Kindergarten, fuhr sie den Computer hoch. An Selma hatte sie ununterbrochen gedacht, nein eigentlich nicht richtig gedacht, die Gedanken an Selma waren einfach so mitgelaufen, den ganzen Tag über, waren immer dabei gewesen. »Ich hätte dich da rausholen sollen« hatte Selma ihr geschrieben. »Du hättest mich nicht rausholen können, ich wollte nicht raus, ich wollte vielmehr, dass du mit mir bleibst« lief die Antwort den ganzen Tag über in ihrem Kopf herum, und so ähnlich hatte sie es ja auch morgens geschrieben. Und das bittere Gefühl in ihr, das sie verfolgte, seit sie Selma wieder getroffen hatte, war auch wieder da. Diesmal konnte sie begreifen, was es war. Dass Selma ausgestiegen war, das war für sie der Verrat gewesen. Selma hatte sie und ihre Freundschaft verraten, Selma hatte ihr die Freundschaft versprochen und nicht gehalten. Damals war sie dann so verbittert und enttäuscht gewesen, dass sie Selma für immer aus ihrem Leben verbannt hatte. Für sie war Selma so gewesen wie alle anderen. Kein bisschen besser. Nichts anderes hatte sie damals gekannt. Überall nur Verrat.

Heute begriff sie, dass Selma es ernst gemeint hatte. *Ich hätte dich da rausholen sollen...ich wollte unbedingt, dass du mit mir aussteigst*, das hatte sie wirklich gewollt, damals.

Und Milica schrieb: *Danke, dass du mich rausholen wolltest! Ich konnte überhaupt nicht anders, ich glaube, wir konnten beide nicht anders, aber jetzt habe ich verstanden, dass wir heute anders können. Ich glaube, das zählt jetzt.*

Und zu guter Letzt:
Tausend Dank an
ROBI, DOMI, CELI, GELI, REMY!
Eurem verschwörerischen Komplott verdankt diese Ver-
öffentlichung ihre Existenz.

Angela Schmidt-Bernhardt

Angela Schmidt-Bernhardt

wurde in Schleswig geboren – zwischen Nachkriegszeit und Wirtschaftswunder. Sie studierte Romanistik und Sozialwissenschaften in Bochum, unterrichtete zunächst Deutsch in Bordeaux / Frankreich dann Französisch und Gemeinschaftskunde am Hessenkolleg Frankfurt und in Nordhessen. In den 1990er Jahren bildete sie sich am Institut für Gruppenanalyse in Heidelberg in den Berufsfeldern »Beratung und Supervision« weiter. 2007 promovierte sie an der Universität Marburg zum Thema »Jugendliche Spätaussiedlerinnen. Bildungserfolg im Verborgenen«, erschienen 2008 im Tectum-Verlag, Marburg. Sie war dann an der Philipps-Universität Marburg im Fachbereich Erziehungswissenschaften tätig.

Veröffentlichungen:

»Spätsommerhimmel in Sanssouci - Lebensabschnitte einer Vierteljüdin«, Verlag Größenwahn/Ffm., 2012,

»Oktoberzug nach Riga – Geschichte einer Ermordung«, Verlag Größenwahn/Ffm., 2014.

Angela Schmidt-Bernhardt

Oktoberzug nach Riga

Geschichte einer Ermordung

Größenwahn Verlag, Frankfurt am Main, 2014

Marie hat eine weitverzweigte Familie und manche davon sind verschollen, wie sie im Rahmen einer Semesterarbeit über Stolpersteine für im Holocaust umgekommene Menschen feststellt. Wer waren Charlotte und Werner Heimann, und was ist mit ihnen geschehen? Gleichzeitig begibt sich in Amerika der Journalist John auf die Suche nach Überlebenden des Holocaust und ihren Nachkommen, denn sein verstorbener Großvater hat durch seine Bürgschaft Menschen vor den Vernichtungslagern bewahren können. Eine Spurensuche beginnt: von den Stolpersteinen auf der Bamberger Straße 48 in Berlin bis zur Deportation nach Riga im Oktober 1942. Mit jeder neu entdeckten Spur vervollständigt sich die Geschichte einer Ermordung. Die Vergangenheit beginnt zu leben. Fiktion und Realität fließen in der Erinnerung ineinander.

Angela Schmidt-Bernhardt wirft einen Blick auf Geschichte, Gegenwart und Erinnerung. Anhand eines verschwiegenen Familienkapitels begibt sie sich literarisch auf die Suche nach Menschen, über die kaum etwas überliefert ist, auf die Suche danach, welche Wirkung die Geschichte auf unsere Gegenwart hat, auf die Suche nach den Wurzeln der eigenen Identität.

ISBN 978-3-942223-68-3 | eISBN 978-3-942223-69-0

Angela Schmidt-Bernhardt

Spätsommerhimmel in Sanssouci

Lebensabschnitte einer Vierteljüdin

Größenwahn Verlag, Frankfurt am Main, 2012

»Dresden, 30. Januar 1933. Ich sehe es vor mir, wie Vati mich weckte und sagte, es sei etwas Ungewöhnliches geschehen. Wir sahen einen großen Fackelzug. Die Nazis feierten ihre Machtergreifung. « Kurz vor ihrem Tod erzählt die 85-jährige Puti von ihren Jugendjahren in Nazideutschland. Angela Schmidt-Bernhardt, Tochter und Autorin, kannte sie als eine Frau, die ein Leben lang ihre Identität verbarg und mit der Scham lebte, zu den Überlebenden zu gehören, die sich selbst nicht wichtig nahm, weil sie so viel anderes Leid gesehen hatte. Eine Frau, die nur ein einziges Mal wagte, über ihre »Abstammung« zu sprechen, auf einem Spaziergang durch den verdämmernden Park von Sanssouci. Damals, im Spätsommer 1943, als die große Liebe kam, mitten im Krieg, öffnete sie ihr Herz: der Vater Halbjude, sie Vierteljüdin. Danach, und in der Nachkriegszeit, folgten das große Schweigen und das immer wiederkehrende Erschrecken über Neonazis mitten in Deutschland. Angela Schmidt-Bernhardt notiert die Erzählungen ihrer Mutter, findet Briefe und Tagebucheintragungen aus jener Zeit und nähert sich dem Erleben und den Gefühlen einer in der gewaltsamen Atmosphäre Nazideutschlands verstummten Frau.

ISBN 978-3-942223-11-9 | eISBN 978-3-942223-47-8

Zeitfracht Medien GmbH
Ferdinand-Jühlke-Straße 7
99095 Erfurt, Deutschland
produktsicherheit@kolibri360.de